同治三年，
曾署蘇州知府的湖州吳雲築宅於此。
宅門在金太史巷四號，
原爲吳宅的門廳轎廳大廳及樓房，
今園僅爲宅東北隅的書齋庭院區。
因園中亭館雅潔，池石清幽，
被譽爲吳中著名的書齋庭園。
因園内有古楓婆娑，美名『聽楓園』。
吳雲自稱：『宅居不廣，小有花木之勝。』
與自居曲園之『微』相評量。
吳雲善書法，好收藏鑒賞金石，
園中左圖右史，鐘鼎羅列。
書畫家吳昌碩早年與園主交誼甚厚，
曾應聘住在園中教授董子，
得以觀摩所藏書畫金石，藝事大進。
聽楓園位於住宅東北部。
主廳『聽楓仙館』（現改名『聽楓山館』）
居園之中心，南北各有庭院一區。
南院花木茂盛，山石多姿，
建有味道居、紅葉亭（現名待霜亭）、適然亭等。
北院有半亭林池花木映照。
館東昔爲吳雲書房『平齋』。
其前疊山，循蹬道而上有『墨香閣』，
閣下層隱伏山中，上層突兀山巔。
齋閣自成院落，爲全園精華所在。

吳雲故居聽楓園實地攝影

楓下清芬：篤齋藏兩罍軒往來尺牘

策劃主編：鄭伯象
編　　者：李雋　吳剛

國家圖書館出版社

引言

進聽楓山館，如今並不容易，成了官辦畫院的所在，平日裏大門緊閉，概不接待外客，其實這樣倒是更貼近了吳家花園的舊時模樣。在平齋寫給三子吳承潞（一八三五—一八九八）的家書中，就說友人『屺堂飯後至聽楓山館，低回不忍去』。彼時，聽楓山館連通著南部金太史場的吳宅，高牆深院，幽靜恬淡。經歷了百年的風雨，而今老宅早已不復往日模樣，祇有這小園雖換了門楣，卻依然清寂如舊。

吳雲（一八一一—一八八三），字少青，一字少甫，又字愉庭，號平齋、退樓等。浙江歸安（今湖州）人。是當時在江南鎮壓太平軍的主要人物之一。清咸豐間，曾奉命總理江北大營營務，歷署鎮江、蘇州、松江府事。其間一度失官，改佐薛煥幕府。同治三年（一八六四）以後，看淡了功名，吳雲便索性退居林下，在蘇城置下了宅院，鄰著怡園、曲園，不時與吳中耆宿如顧文彬、李鴻裔、沈秉成、彭慰高等，詩酒雅集，賞畫看帖，唱和題跋。一班勘破了世事的老頭兒，變著樣子，被畫到了《吳郡真率會圖》《吳中七老圖》裏去，煞是有趣。

吳平齋的友朋書札，一冊凡二十餘人，名頭有大有小，無關品味，卻大抵可分成兩類，如李鴻章、何桂清、薛煥、王有齡、張富年等，所言皆兵事政務；勒方錡、沈秉成等，則更多些士人風雅。正好對應著吳雲做官與退隱的兩段截然不同的生活，一武一文，一張一弛，透過紙背箋痕墨蹟，彷彿依稀能看到吳雲兩張不同的面孔。

息影吳下，以書畫古籍金石碑版自娛的吳雲，一直在與時間賽跑，陳介祺說他晚年著述一味貪快，力求速成，於是纔有了《二百蘭亭齋金石記》《兩罍軒彝器圖釋》《兩罍軒印存漫考》等傳世。嚴謹的陳簠齋祇留下一堆未定稿，散落各地。

說到收藏，那兩百本《蘭亭》早在咸豐末年就因戰亂散失大半。記得吳雲在同治元年（一八六二）十一月，遇到大詩人龔自珍的那個不肖子龔橙（孝拱）拿著家藏的歐摹宋拓《蘭亭》冊來訪，展看之下，不禁讓二百蘭亭齋主人觸景傷情，又不得不硬著頭皮題了一段，說『《蘭亭》帖二百餘種，今已盡付紅羊，所剩僅十之一二，尚多殘缺不全』，說不出的苦澀，或許這就是爲何聽楓山館中，祇有平齋，不見二百蘭亭齋。不過，得失往往命中注定，失了二百《蘭亭》，吳雲竟於十年間先後收獲了揚州阮氏、蘇州曹氏所藏的兩隻齊侯罍，滿心歡喜，於是便於後園之中專辟一室，名之曰兩罍軒。之後的著作，遂多用此齋號。《兩罍軒尺牘》是其中一種，此書刻本並不難得。昔日曾見過用紅方格稿紙謄清的稿子，應該是當年付刻的底本，每通尺牘最後均附注日月，而今刻本已經删去，甚爲可惜。更可惜的是，這部謄清稿早年散落，目下分藏在蘇、滬兩地，聚合無期。篤齋藏的退樓致汪鳴鑾尺牘册，共計十三通，衹有一通六頁長札談及《散氏盤》拓本，收錄於刻本，然已十分難得。這册尺牘，多用吴雲自製的魚符箋，上款或作柳門，或題郎亭，偶爾還夾雜汪鳴鑾極少被提及的别號『潛泉』，可見兩人的親近，不足爲外人道。

尺牘收藏，藏家往往輕視家書，大概因多説些家長里短、人情世故，一旦脱離原來的情境，不是毫無頭緒，索然寡味，就是錙銖必較，面目可憎起來了。不過也有例外。早在民國三十三年（一九四四），湖州籍藏書家周越然在市上見吴平齋家書一册，均是寫給兒孫輩看的，談爲人治學、讀書習字的大道理，周氏很喜歡，衹是一時困窘，無錢購買，靈光一閃，他借了册頁回家，節錄成文，題爲《吴平齋家訓》，寄給《古今》雜誌發表，同年就收入自己的集子。在《吴平齋家訓》的序言裏，周越然稱祖輩與吴平齋交好，兩家本有世誼。前所舉的吴雲友朋書札中，恰好就有周越然伯祖周學濬的尺牘。我們在感歎巧合之餘，不免還要慶幸今人的眼福，居然比周越然還好。

吴雲《示三兒書》兩册，全是寫給三子吴承潞的，時間約略距其去世不過兩三年光景。若論有趣，僅記青銅器作僞一段堪玩味，其餘談論的話題，與《家訓》風格相類似，惟更見老態。殆此時《吴平齋家訓》的收信人之一七公子吴承源已去世，鍾佩賢曾爲此專門致函慰問吴雲（見友朋書札）。不過，誰又能保證，再過若干年，我們年逾古稀時，重新展讀這些家書，是否會有迥然不同的心境呢！

隱在姑蘇繁華鬧市中的篤齋，日常的生活似乎與昔日的平齋有點近似。朋友來了，也是看畫讀帖喝茶聊天。卷册舒展之間，悠悠然其樂自得，今以所藏《兩罍軒往來尺牘》結集刊行，俾孤本化身千百，既使前賢風規得以彰顯，又可補史乘之不足，善莫大焉！

己亥六月下澣，暑熱難當

李軍揮汗識於吴門馨聞室

（作者供職於蘇州博物館）

吳郡真率會圖卷　蘇州市檔案館藏
此圖作於清光緒七年（一八八一），由胡芑孫寫照，任薰補景
除童子三人，老者七人由左至右爲：顧文彬、彭慰高、沈秉成、吳雲、潘曾瑋、勒方錡、李鴻裔

君諱雲，字少甫，姓吳氏，自號平齋，晚年曰退樓，又曰愉庭。……君篤嗜金石，幼時讀《漢書》之梁孝王罍尊事，曰『此比三代上法物，惜史氏言之不詳耳』，塾師大異之。所著有《二百蘭亭齋金石記》，二百蘭亭者，君所藏禊帖積至二百餘種，故以名齋。其書以兵亂毀焉。後得齊侯罍二，遂名所居曰兩罍軒。著《兩罍軒彝器圖釋》十二卷，凡一器一銘，鈎摹而精刻之，意所有疑，則博稽經史以證明之。此外有《古官私印考》二十七卷，《虢季子白盤考》《漢建安弩機》《溫虞恭公碑考》《華山碑考》各一卷，《焦山志》二十六卷，而詩文、尺牘、題跋之未寫定者尤夥。

俞樾撰《江蘇候補道吳君墓誌銘》

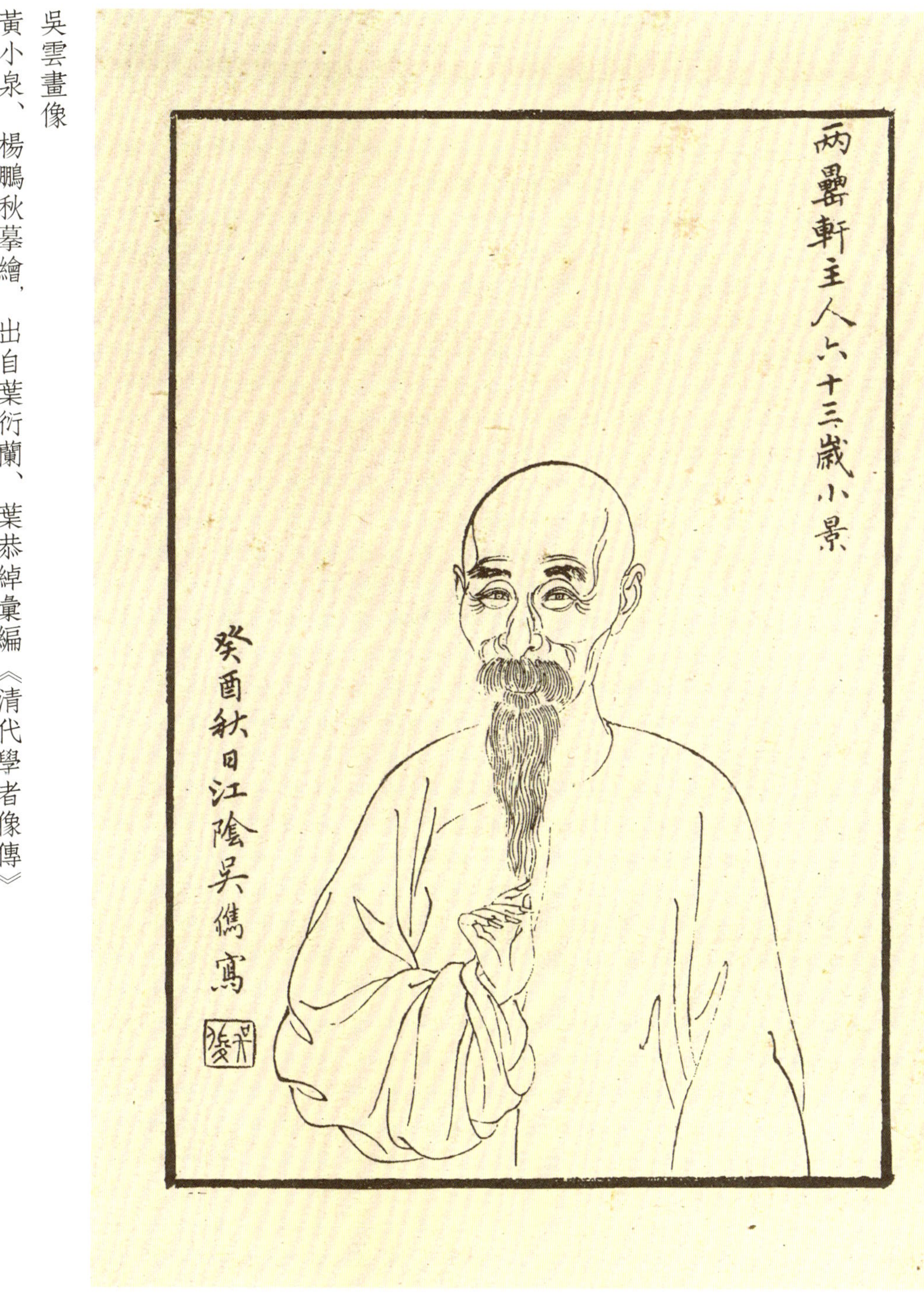

兩罍軒主人吳雲六十三歲小影
癸酉秋日江陰吳儁寫像，出自吳雲自刻《兩罍軒彝器圖釋》

吳雲畫像
黃小泉、楊鵬秋摹繪，出自葉衍蘭、葉恭綽彙編《清代學者像傳》

吳雲自書『兩罍軒』匾額

後有清同治八年（一八六九）吳雲長跋，記『兩罍軒』齋號之由來：『余既於甲寅年在邗上得阮文達公所藏之齊侯罍，遂名吾藏之所曰「抱罍室」。逾十年甲子，在吳門又得一罍，即文達《揅經室集》中所載之蘇州曹氏器也。海內二大寶一旦都歸余齋，復署之曰「兩罍軒」，所以志喜也。己巳初夏退樓主人並記。』

兩罍軒
余既於甲寅年在邗上得
阮文達公所藏之齊侯罍
遂名其藏之所曰抱罍
室逾十年甲子在吴門又得
一罍即文達揅經室集中所載之
蘇州曹氏器也海内二大寶一旦都
歸余齋復署之曰兩罍軒所以志
喜也己巳初夏退樓主人并記

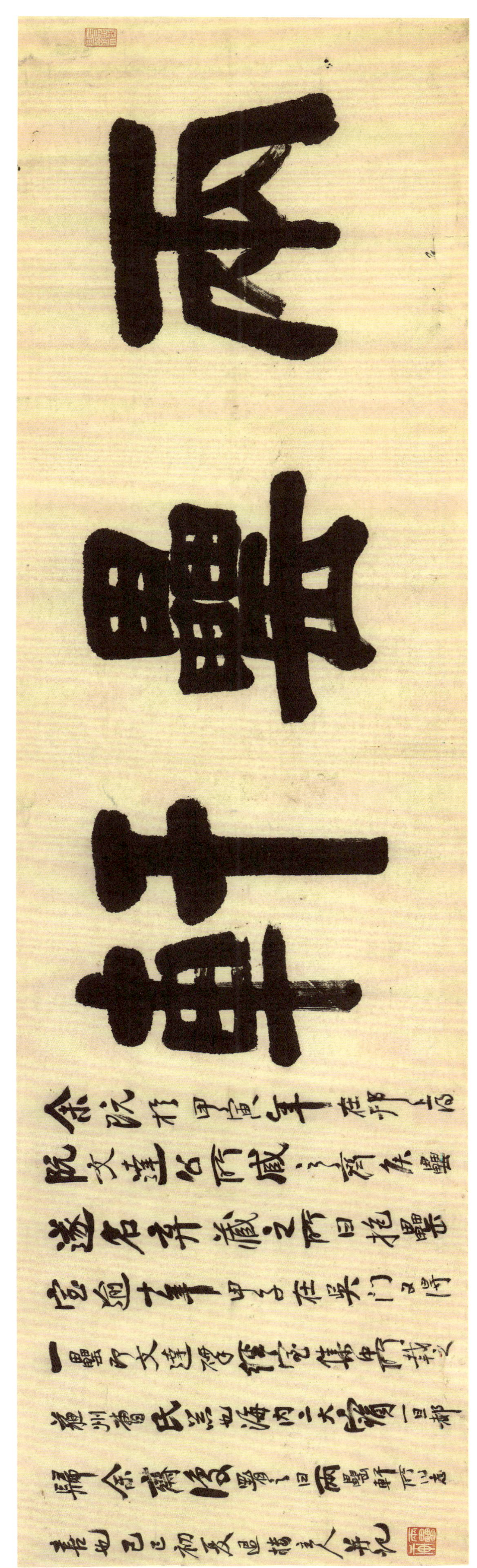

目　次

兩罍軒同仁尺牘

兩罍軒主人吳雲尺牘

兩罍軒主人吳雲家書

圖版　兩罍軒同仁尺牘

一、李鴻章致吳雲

一通三紙

李鴻章（一八二三—一九〇一），本名章銅，字漸甫、子黻，號少荃，一作少泉，晚年自號儀叟，別號省心。世人多稱『李中堂』，因行二，故民間又稱『李二先生』。安徽合肥人，與曾國藩、張之洞、左宗棠並稱為『中興四大名臣』。死後追贈太傅，晉一等肅毅侯，謚文忠。著作收於《李文忠公全集》。

頃披
華翰挄接
芝儀猥以 家慈壽辰遠荷
多珍寵錫製清詞於徐庾詠到玉臺摹妙
手於丹青裝成錦軸拜登
嘉貺敬謝莫名敬維
平齋尊兄大人林泉養望

履繶凝和
傳治譜於佳兒循聲鵲起
娛清游於晚歲緩步鳩扶
福祿方增欽遲曷既弟平章忝領定省久
疏書寄雙魚拜
蘭言於舊雨蓂開八葉頫 蘐樹之恆春專
泐復謝敬頌

道祺順璧
芳版不具

愚弟李鴻章頓首

二、何桂清致吳雲

一通一紙

何桂清（一八一六—一八六二），字叢山，號根雲。雲南昆明人。道光進士。歷任編修、內閣學士、兵部侍郎、江蘇學政、禮部與吏部侍郎等職。一八五四年任浙江巡撫。一八五五年調兵在浙西皖南抗擊太平軍，並攻下皖南徽州（今歙縣）、休寧石城（今廣陽）。次年，又攻下太平（今仙源）、祁門寧國等地。一八五七年夏擢陞兩江總督，駐常州。撰《黔行集》；輯《試律標準》、《登瀛疊唱》，集句《使粵吟》。

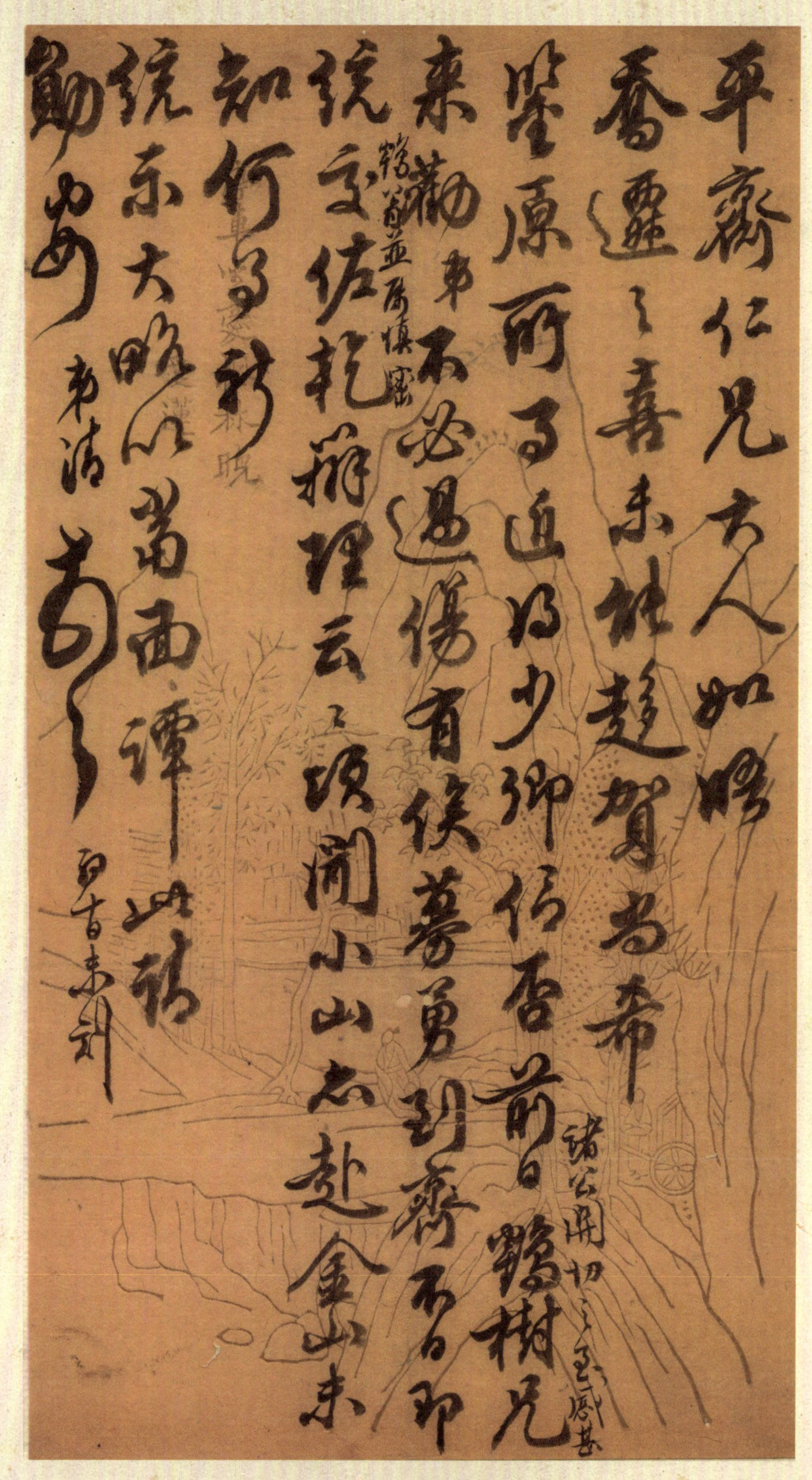

三、何桂清致吴云

一通一纸

平齋仁兄大人閣下日內
以暇行
移駕至弟處有事面談近日肝氣
因傷感而重不能立志不能眠食
要境如此良可慨也即請
台安
弟清[illegible]書即刻

四、何桂清致吴雲

一通一紙

五、薛煥致吳雲

一通一紙

薛煥（一八一五—一八八〇），字覲堂，四川興文人。道光二十四年（一八四四）中舉。二十九年（一八四九）選授江蘇金山知縣，後入向榮幕襄贊江南大營軍事。咸豐三年（一八五三）授松江知府及鹽運使銜。咸豐五年（一八五五）調蘇州知府。咸豐七年（一八五七）陞蘇松糧儲道，繼調蘇松太道。咸豐八年（一八五八）遷江蘇按察使。咸豐九年（一八五九）擢江寧布政使，署欽差大臣辦理五口通商事宜。咸豐十年（一八六〇）任江蘇巡撫兼署兩江總督。旋以頭品頂戴調任爲通商事務大臣。同治元年（一八六二），清廷任李鴻章爲江蘇巡撫，他仍以欽差大臣在上海辦理洋務。不久進京署禮部左侍郎，繼改調工部右侍郎、都察院左副都御史、總理衙門大臣、内閣侍讀學士等。同治五年（一八六六）離職回川，期間在川辦尊經書院並任第一任山長。

来示谨悉。冯协镇帮带一大队，自应照准。姜
佳之勇五百名，现应改由内河赴柘林，与陆勇六百名同去
勒并接应。裁龙桥之营，俟严镇续调三千大约廿四五必到
人到来即可换防，仍回宝山。现在奉贤吃紧已
极，浦东失陷则宝山之危也。祈转致姜佳毋过拘泥
为祷。至所请添勇一节，祈
商之眺帆兄定夺。此请
台安。弟鸿章 十日

宝山之防，恐贼由海来犯，容
札饬朝相带船在小河口
堵截

六、薛煥致吳雲

一通一紙

啓者：李恒嵩來字，以浦南之賊於蕭渡浦，請派船三十隻，分安調遣，以堵葉榭、豆腐浜口門等因。查此間現無砲船可派，只好咨會參將抽撥防堵性蚱蜢艑船，昨日並已開行，該船到松後，是否泊于豆腐浜外攔船一隻，是否另派往衬，

查以示知。至平望之船，此時萬不可去，緣此者之賊，西面以大股均由平乍而來，明係欲襲松江後路也。特致平並留神，此請

即安。弟 煥 頓首 廿六夜

七、王有齡致吳雲

一通三紙

王有齡（一八一〇—一八六一），字英九、雪軒。福建侯官（今福州）人。道光中，捐納爲浙江鹽大使。歷官江蘇布政使、浙江鹽運使、按察使、巡撫。咸豐中，調赴上海議訂通商稅則。得兩江總督何桂清信任，率兵與太平軍戰於餘杭、嚴州，咸豐十一年（一八六一），杭州城破自殺。謚壯湣。

平齋老弟大人閣下接奉十二日
手書知前復一緘已邀
荃察并聆種切滬上近稱安謐彼中內應時有
機會惜我力未能遽逮蘇嘉兩郡其各鄉
鎮豪長能自樹立備有礮械以俟官軍到
後響應者頗不乏人歸仁局與賊館抗衡
賊不敢詰尤非他處可比昔岳少保誓掃平
中原兩河豪傑無不欲起而應之少保之
志不伸彼壯士亦徒延頸而望為古今恨
事此時縱無少保其人但祈
天心垂佑俾仰望王師者得遂所願耳浙自蘭谿
大軍退至嚴郡蘭賊跟蹤下竄分股攻圍
浦江饒軍門赴諸暨督軍援浦十四日援
軍又於白馬橋敗退浦圍未解嚴州壁田
所部又復失利嚴亦被圍承
示周庄探報蘇禾之賊會合攻湖此間亦有
所聞近日湖防業已戒嚴逆徒四路趨浙
環偪而來浙中被寇未有如目前之危殆
者兄不幸竟未即羅支惟有竭盡心力以
身報 國而已專此復請
籌安不既 愚兄王有齡頓首 七月廿四日

平齋仁弟大人阁下屢奉
手書藉聆種切昕宵歷碌作函有稽惟
履祉綏宜為符頌祝松江克復後滿望青
浦有破竹之勢接滬上来信呂宋夷兵亦
敗回死者三人且嘉定復陷逆餘又張申
江亦甚可危聞之愈深焦灼 根翁飄泊
海濱尤為可傷非迅復蘇垣無轉圜之策

河清莫俟其奈之何 張璧翁五月初出
剿嘉興屢獲勝仗該逆死拒攻圍日久
尚未得手宜興之賊由長興竄擾安孝及
於餘各邑窺伺省垣二十日已竄近大關章
眉士鎮軍從石門提到遇賊擊退彼知杭
垣嚴備非如二月間易犯已於廿一日遁回餘
杭竄向臨安而去目前雖已解嚴總須嘉

八、王有齡致吳雲
一通五紙

守廣建合銳師以取宜溧庶賊無可牽
制我兵以專意東趨規復蘇垣大局轉
機不外乎此但未識蒼蒼者能不掣其肘
否耳　曾帥於十一日到祁門其上三路進
兵方畧意在保浙浙之上游以顧江右而從皖南
下手絕不對症發藥屢次馳函請即由徽

入浙詳陳蘇蘇必當速復蘇不復則東南
事無可為尤不能舍浙以入蘇否則迫之
内亂蘇固陸沉浙將為蠻無如滁省迂
闊不可動搖徽寗西防又為自固之計阻
利其兵威而樂其在徽池之間成見愈不
可破且其待新募之兵及鮑張兩將亦須
七月間方能齊集能來已在秋中况未必來

乎　曾帥負中外重望為海內有數人
物而顧設施若此真可歎也此間無一好
幫手一切事宜無不親裁累甚苦甚手
此布肊復請
台安不具

愚兄王有齡頓首

九、黄芳致吳雲

一通一紙

黄芳，生卒不詳，原名晃，字荷汀，湖南長沙人。道光十五年（一八三五）舉人。咸豐三年（一八五三）署寶山知縣，遷同知，調補上海。補海防同知，陞知府，官至蘇松太兵備道。在任成立海防局，稽查海面走私。後以病假歸，卒於家。著有《吟香書屋雜集》。

來示領悉現出巡查差一委陳縣丞耐棠
一委趙縣丞景愷趙君乃吟蓮生前所託
大約其本家也會防分局已委汪縣丞人樹
勢難更改承
屬楊敏齋所託沈縣丞請於後委必不負
台命也此請
平齋仁弟大人箸安 姻兄芳頓 初八日

飛雲閣

十、黃芳致吳雲

一通一紙

平弟大人閣下吟蓮昨日帶人請假以忽報於今卯
刻棄世雖不令人注於飾終之典當道
台屬於衙參時相機婉言想
中丞平日寵重吟蓮今聞其以時疾隕命必
爲惋惜援例之請或不深拒也此覆即請
箸安雲密雷殷而雨不肯下瘴氣何以除思之
悒悒 愚兄黃芳頓

三十日未刻

飛雲閣

十二、黄芳致吴云

一通一纸

平弟大人阁下，接读

尊示，并黄小松画卷这（？）即连前件包

做一起，妥交去人寄到，必无贻误。鼻烟

非上品，将好奉上。乞

查收，此函〔？〕设即请

以著安否〔？〕

如兄黄芳顿首 廿日

十二、黃芳致吳雲

一通一紙

平弟大人閣下：前月初四日午刻，多蒙

枉顧，正值每午例疾忽發，牀蓐無淂

片刻一面為歉，雖不勝耿耿。近日秋華

先生直愚之藥，或係司馬伯蕃之方，都

無實效。現於每月請假，恐不能就醫

回籍，奈何奈何。兄午刻必患心肝恍惚，至多半皆夜

寅卯間咳嗽吐痰，黎明即起，耳聾震喘

忙草。曾向以忙赭怔昂，多自静

馮森先生晤時轉致為要

請

道安。兄芳者頓。廿六日

十三、周學濬致吳雲

一通五紙

周學濬（一八一〇—一八五八），字深甫，號縵雲，浙江烏程人。與周學濂、周學源三兄弟皆有盛名，道光二十年（一八四〇）舉人。道光二十四年（一八四四）甲辰科孫毓溎榜進士一甲第二名，授翰林院編修，二十六年（一八四六）任廣西學政。咸豐元年（一八五一）署國子監司業。次年任山東道監察御史。同治初入曾國藩幕。纂《湖州府志》《湖州金石略》。

十四、吳煦致吳雲

一通四紙

吳煦（一八〇九—一八七二），字曉帆，號春池，晚號荔影，別號秦望山民或秦望山樵，浙江錢塘（今杭州）人。道光二十五年（一八四五），以捐納得試用知縣分發江蘇，從此進入封建官場。道光二十九年（一八四九）又捐輸米石獲加知州銜，充蘇州府署幫審。次年，先後署理荊溪（今宜興）、震澤（今吳江）知縣。咸豐元年（一八五一），太平天國起義爆發，吳煦以補用知縣陞松江府海防同知，辦理江蘇漕糧和往來海運公牘。次年，署金壇知縣，在任時鎮壓當地棚民起義，是年兼署吳江知縣，補授嘉定知縣。輯《新舊唐書合鈔》《定庵文集》。

涯命之状殆將無以塞責前因崇郴已收
中兵已當移師協勦之說且陽明雖久存諸葉本甚拮
据然不能摩此距款是以遲緩華首諸其斟酌既上者
於鎮之儀殲豈早必到方不能爲礙也現俟丹陽之發
当須會勦金陵賊已回路無援殘醜游魂亦不難久稽
顯戮湖州之賊方在負嵎今有常州之捷吳興亦成犄注
閩左帥專降將鄧先行蔡元隆桂嶽勤捷盡施誅

逆誅吾人心亦必偷之然蔣肅清江浙近在眉睫惟寇
逆之衆已抵江西之撫建二郡閩之崇安江西之援左帥
因有濟餉之患久住附郡兩無擬兵不暇兼顧以自顧不
啻深之固被此風馬牛也杭州克復居守人民被害什分
之一白骨枕藉紳商無術掩埋每紳耆請七文俾得厝
埋閩之可惜善後事因無資難于措手吾人近言謂之
兩浙均未遭劫今招十萬至少得其半薛君寄向總華紬
雲岩力為排解已與某公[illegible]數總以大員宮名不許千計

從前王雪帥及左帥入浙之不特勤務而今日情形
頗同曹撫雖杭州兩路未罷趣火而上海一應何異賀寓且
先發杭嘉宁絳捐務善後袁方伯在捐總此猶亦能寄吴山
書胡雪岩善後捐務捐董林義人因在袁中即外府請
君亦能不免無人不以禍制又不知將何術而通也常州光克
常楊軍已在四岔及山道敬芸之報餉已匯遣尤有人從而
勾此布臆即頌
大安[illegible]便中　弟[illegible]頓首
四月[illegible]日

十五、吳煦致吳雲

一通二紙

退樓主人之六[illegible]拜書

手示知
從者於十日出發,換船深以為然,生病往形猶[illegible]乃私
歎之,其及時游潁汝。眉生來書知與
主人在[illegible]蹕聚,入幕丁節,伊必來從,此亦饑不擇食云
但其晚未知西山(?)[illegible]點相抬,而今此更無可圖之機矣
勒少翁之卻不遠,諸即返於金陵,今歲既與李眉翁兄
好第一流,可果否,望為必為[illegible]閱年希

隨附閱切,甚可言。現已鍵戶息影,未作太平幸民,而[illegible]
時勢亦殊可嘆。潞陽調補,仍留吳閣,書係吳中之福,此亦安
平(?)談靜,非他人所可及也。陳觀察諸封之,移現已收到,轉交
係為其[illegible]小舫已卻薦幕,現亦為補[illegible]手否。蕉林學分(?)
將畢,閉日內啟四木讀,年底仍須轉校度歲。信翁昨於
十九出子畢姻,一切簡略之至。捨弟大泉來滬,樸(?)[illegible]還否
解京信,云寓陵之樣總愚,亦為左[illegible][illegible]劉更好矣。安此復頌
大安,不[illegible]如兄[illegible]頓首
兄子侍叩 冬月廿日
[illegible]閱即此請念

十六、勒方錡致吴雲

一通二紙

勒方錡（一八一六—一八八〇），原名人璧，字悟九，號少仲，江西南昌人。清代詞人、書法家。道光二十四年（一八四四）中舉，官至河東河道總督。精通星卜術相之學，洞達玄理，工詩能文，對詞造詣極深，享名於時。精於書畫。著有《樨洲詞》《太素齋詞鈔》《太素齋詩鈔》。

愉庭老兄大人左右日前奉六月二十五日
手書並蔭甫兄函諸公名帖均經拜誦辣醬豆醬四
餅順老家刻一部一併祇領試嘗醬味尚未變鮮遠道
惠貽莫名銘感近諗
起居安善潞騷下懷此間盛夏時亦苦熱少雨為旱晚
陰涼便可衣袷乃不宜於房體不謂蘇臺氣候亦頗
相同尚望
隨時珍攝穗心廣當致胖也蔭兄服温補藥有

辣餅破一个可惜

效否宜常服更可製作膏丸膏尤力厚亦須先以
藥心為要順老高齋習靜与
兄皆有郡竟大安樂窩風致此福非等尋常弟
乃苦人並不勝健羨也海上事尚無的信弟竊度彼首
禁鹽安肯輕率遠來水上亦不與爭陸地彼何所恃弟
謂論將父老上不能制啟直當先自羞我雖以為勝一
籌不窮耳惟弟以此不能早退日以清福讓
諸公歸之何哉手此復布藉抱敬請道安不一一　弟方鑄頓首
七月半日未刻

十七、勒方錡致吳雲

一通一紙

愉庭老兄大人左右：新年諒閤
道體康強，深為慰忭。日思趨訪，而雨雪阻，俗冗
紛如。昨奉
賜書，适自外歸來，未及即復。繇昨衣冠而出，存蒼乃歸者，想可晒
頃查得春餘建造，惟初六日恰可過齋。是日
先約同人，務其早會，弟必當趨赴。如同人有須改期者，亦自不妨。
祗須尚菜一置，切撰素菜。手肅奉復，敬請
頤安，不一。弟方鎬頓首 二十八日

十八、勳方錡致吳雲

一通一紙

前承
寄示諸老帖子，有繳還
兄處者四紙，又艮蘇兄與 敦閣世叔寄弟各一紙，并祈
兄代繳。 艮兄光名帖之通語 敦翁官銜尤使人惶悚
亦非真率之字之義也
兄於續會時罰酒一卮
又日前接貴同鄉 童君寶善書，禮當作答，忽忘其別號，渠去年在
蔭甫兄家課讀，今得海寧差，如或不知，請先問 蔭兄一聲，即祈 示復。

新篁逸解籜

十九、金安清致吳雲

一通二紙

金安清（一八一七—一八八〇），字眉生，號儻齋，晚號六幸翁，室名偶園、耦園、半野樓、宮同蘇館、曝背南軒。浙江嘉善人。國子監生。由太州州同擢海安通判，調宿南，陞至湖北督糧道鹽運使、按察使。工詩，熟諳古今掌故。著有《六幸翁文稿》《偶園詩稿》《宮同蘇館全集》等。

退樓主人惠覽：藉悉邇(?)來(?)以(?)
感(?)良多。敬惟
福履綏和，允如下頌。南北兩雪
膏雨西疇(?)，甚及流民二十萬家，可續
歸耕，惶悚亦不致。所生亦大幸事。詢
謁樞垣友，以近年保案甚多，記名人數亦
過多，最好隨缺整敘，有前經保案之某

等也。蒙　荷援堪(?)稱(?)旋(?)廣(?)方(?)坐耳。弟
則(?)老(?)後於冬初患臂(?)筋作疼，彭(?)甚劇(?)。
履(?)好(?)既(?)匯(?)萬(?)針灸按摩，並洗并敷，
現訂佛(?)如之藥方調治，現(?)已(?)見(?)多(?)。宗伯
訂修順天府續纂輔通志，盼恒軒到京
暨(?)照(?)有賓可作(?)事也。書此，敬請
頤安

治姻小弟賢(?)頓首(?)
花朝

二〇、金安清致吴云

一通二纸

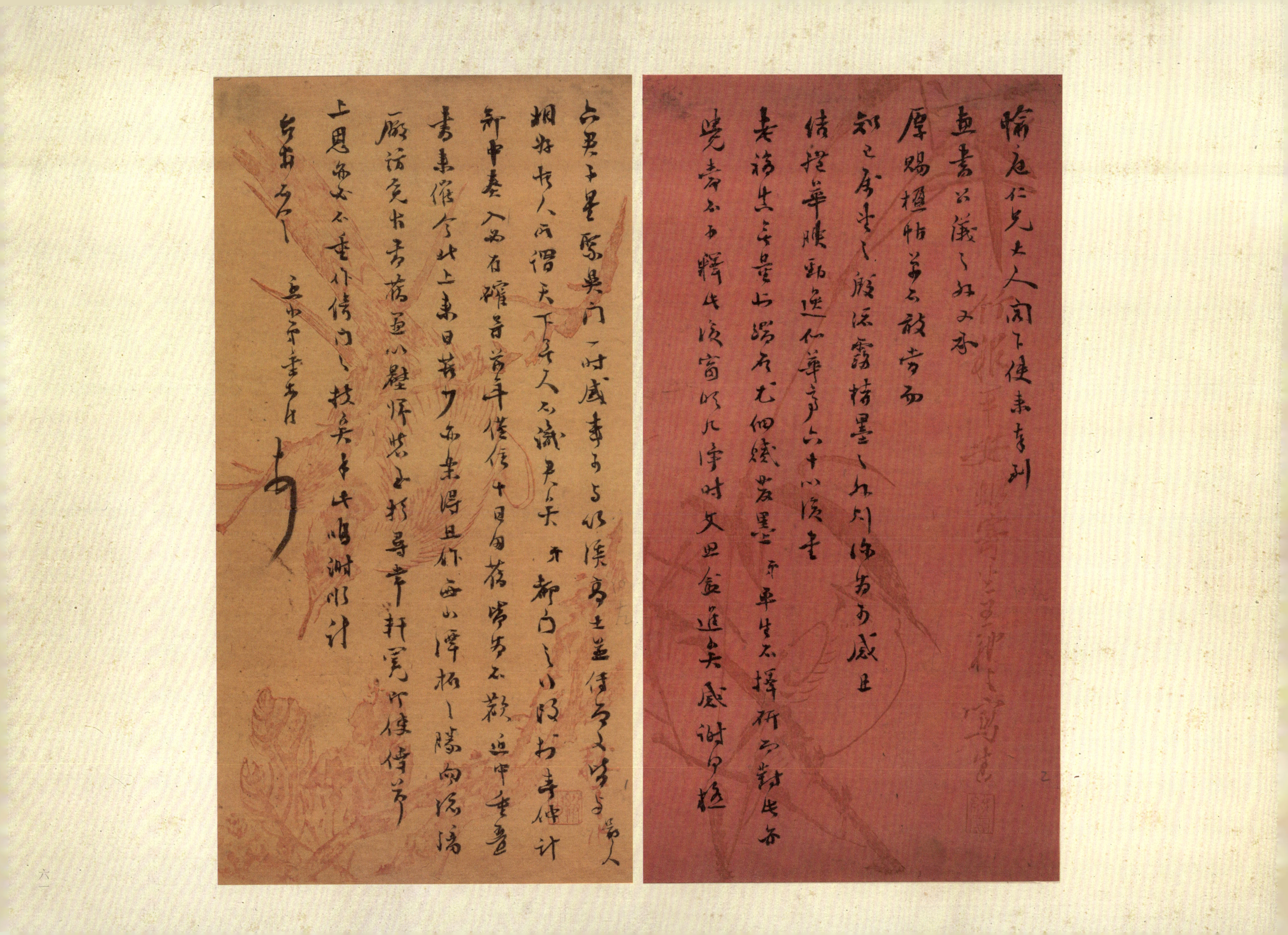

二一、金安清致吴云

一通二纸

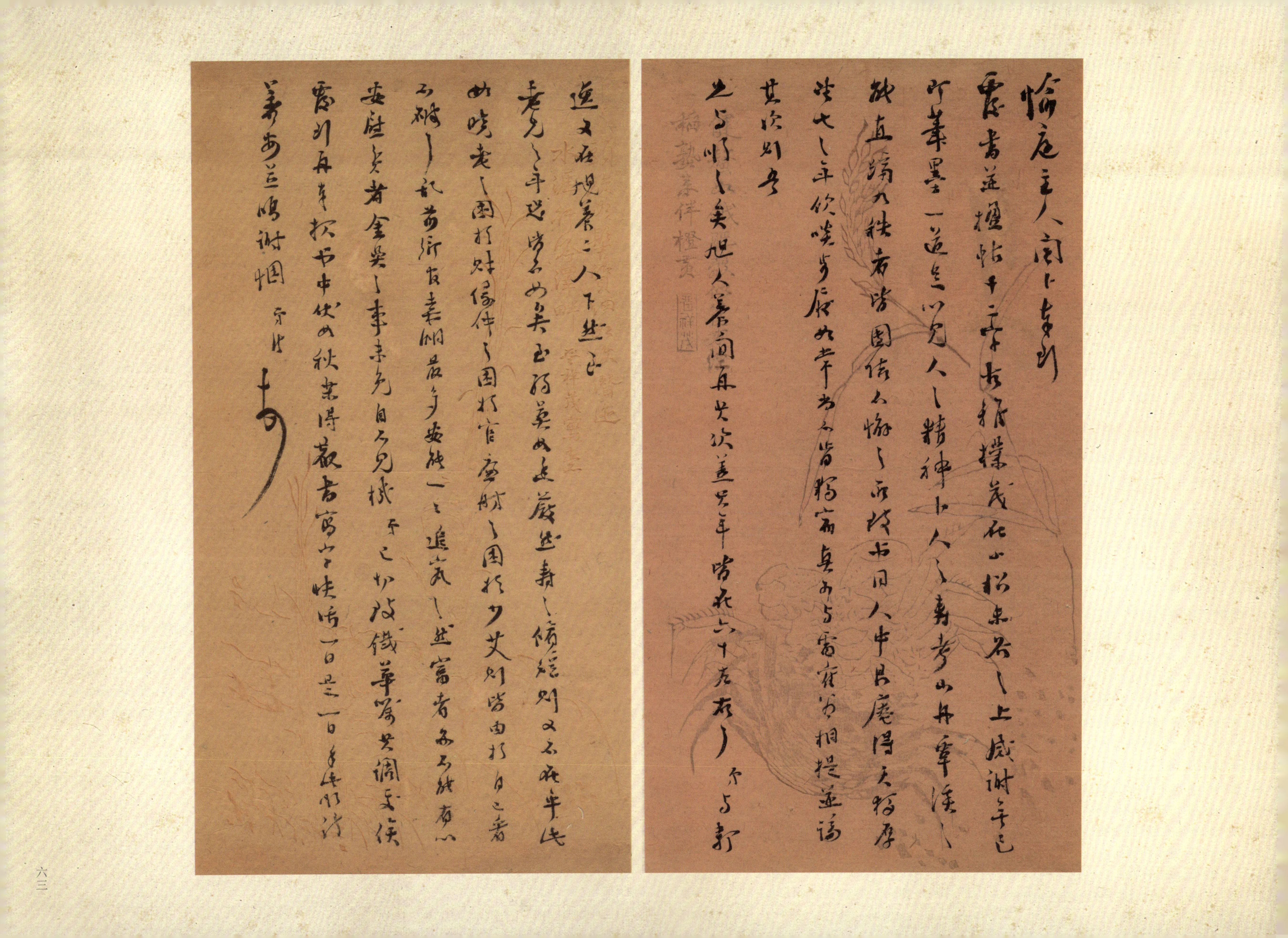

二二、薛書常致吳雲

一通二紙

薛書常（一八一五—一八八〇），河南靈寶人，原名書堂，改書常，字世香，別字少柳。咸豐二年（一八五二）進士，任翰林院庶吉士，後改編修。咸豐九年（一八五九）任湖北鄉試副考官，掌湖廣道監察御史，陞戶部給事中。復任蘇州知府等職。有《靈寶縣脉論》傳世。

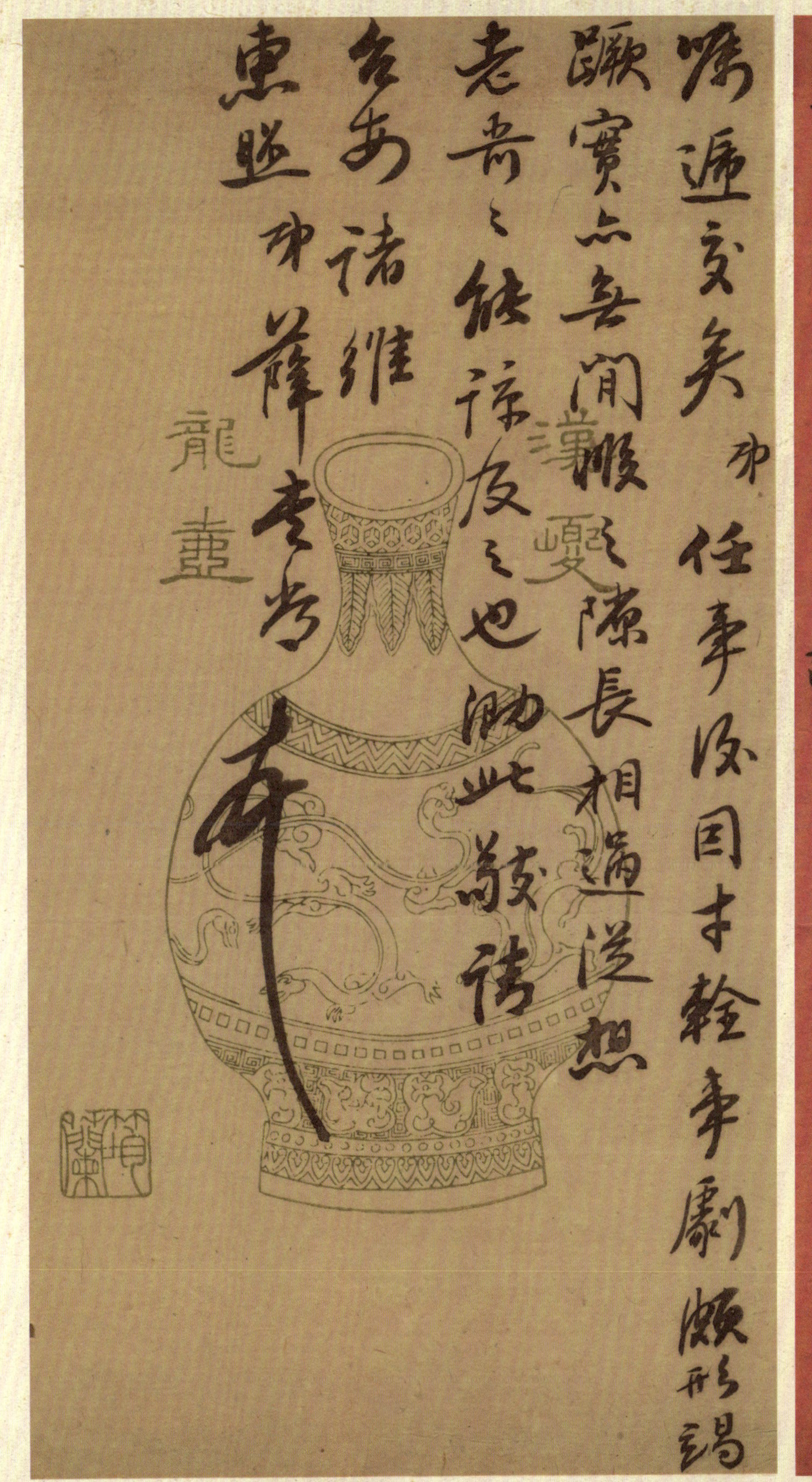

二三、薛書常致吳雲

一通三紙

甚不足以薦意唯擬度語
伯母大人靈前肅恭叩拜稍申果姪子猶之禮
乃於十四日晚中途雨阻於十五日凌晨即
行並衛參亦不必來其勢必得解纜而賁芸
留數人又以數年之別若留一飯實亦不能坐卻
是以行至閶門又為少停仍擬登岸修一拜

伯母大人之靈乃同寅故舊之來謁者送行
者有千求者絡繹不絕而芸翁處已催請數
次匆匆回舟未及更換素衣而客來仍復不止
稍睹間天色已暮正在惶懼不能之時又承
老哥頒賜多珍而又義不敢卻慚惶之衷益
不可言而拙婦畏嫂竟不敢再留一宿遂於
上燈後地旋而

玩古怡情 吉齋寫

伯母奠禮竟不果行撥之友誼實人人愧
汗無地想
老哥明達必能曲諒唯匠匠之心未由自解耳
途中耿耿稍白下烟並謝
厚愛為禱
惠諒肅請
素安 吳小弟藩頓首 甫 十七日無錫舟次

吉齋寫

二四、杜文瀾致吳雲

一通三紙

杜文瀾（一八一五—一八八一），字小舫，一作筱舫，號靜逸。浙江秀水（今屬嘉興）人。少年曾中舉，逢太平天國戰亂，參軍幕，有幹才，爲曾國藩所稱。官至江蘇道員，署兩淮鹽運使。工詞，著有《采香詞》《憩園詞話》《詞律校勘記》等。

及稍泼之識為採早之蚁 舍弟所託太湖歷村事勤司馬
代購亦寄到了

所貺相同樣之係畫錄埒宜購備為道地之物以後有此路
可託寄之 酥餅杂 久不嘆水菓之思 依不熱吓食十餘枝芒
啖之 妾拿剎送投稍去妝入口 今日覺上齒齦微腫 或有微
火引動牙 牙顛齒亦不之虞也 下雨為加總背街會辦
南洋通商此為兩江預張於若了 幼叶同彌必不許小亂
李質為總統為有艦船為欠
雲春陸沅省事却難以討好且亦太覺矣 弟玩讀
國朝人古文形寬保袁門先生文集函詢於人有售者求

候正之詞經校已模糊且字跡於序文殆見佛元茶校正
重刻之事也
鄭叔問之也
陽春寄一枝為孺昨日申於洋涇榜新昌舟拜有寄者宋
熙寧閩本琴不如敬跋時世見者之否似為詩之而与蘇琴比
美此請
近安 侄再拜之一 靜遠 [signature]

二五、杜文瀾致吳雲

一通四紙

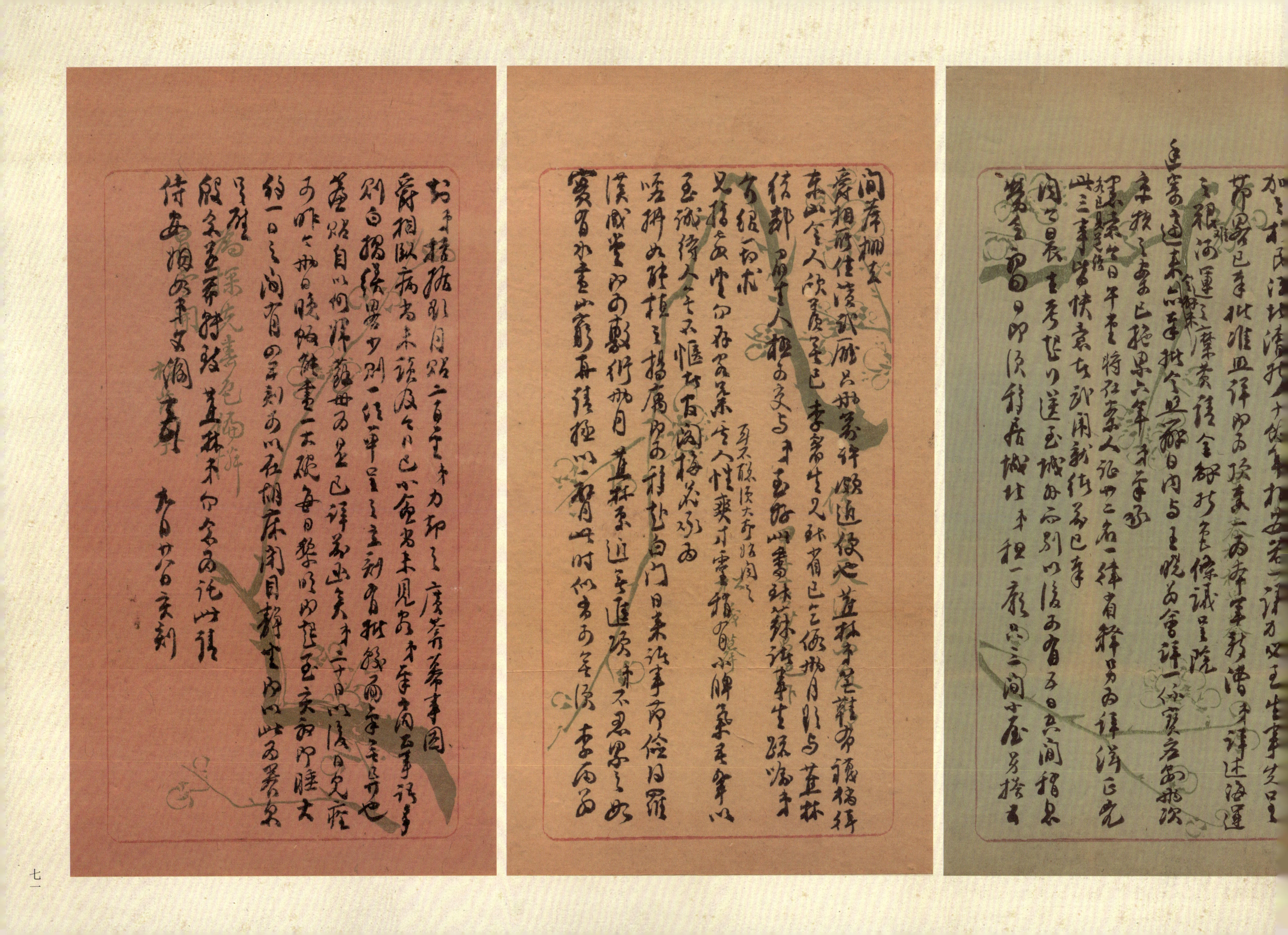

二六、姚仰雲致吳雲

一通四紙

姚仰雲（一八二一—一八六九），初名湘，字芷芳，亦字楚青、楚臣，號佛恩、秋墅，别署賦秋生，室名獅石山房。浙江山陰（今浙江紹興）人。清代學者、藏書家。咸豐十一年（一八六一），姚仰雲以道員總司江北糧臺。同治六年（一八六七），於揚州建造『師石山房』，收藏大量古籍。『師石山房』『快閣』藏書樓藏書超過六萬卷。遂命其子姚振宗依照四部分類，整理藏書，厘訂書目。振宗自此開始目錄學研究，後成爲清一代著名史志目錄學家。光緒八年（一八八二），姚振宗據家藏圖書編成《師石山房書錄》三十卷。

害真如漫泥淖中求一席住其之地

雨不可得今日甫得放晴猶未軒暢昊下氣

頃又大雷雨

疵菊不為此作惡初八九日勿傳捨道天長

一城驚駭探之係盱眙叛賊民蜂擁而

下天邑不知其故閉城拒之遂被沘傷殘未

西山居民相率遷避人心浮動即此可見初

聞轟言 宮保赴宿會議事件絲絲接蒼

運台亦作全準之指豈知竟無其說謠言

之多附之以持

一桀綠見廿三日漕艘甚遇三澗次日即水

落尺餘時運之隹殆天助之捨已遠去矣

十壽州之警亦解

松翁名世之數受無辭均乞

索其一書寄下全史務求

代購存板新種亦望多致一冊 廣蒼世兄

閱畢亦合璧甚不當確否未真雨惠其

才想甚不願毒之也附去復請

台安惟希

愛照 小弟仰雲 頓首 小兒隨叩 十二日

富貴神仙

二七、陳介祺致吳雲

一通一紙

陳介祺（一八一三—一八八四），字壽卿，號簠齋，晚號海濱病史、齊東陶父。山東濰縣（今山東濰坊）人。道光二十五年（一八四五）進士，官至翰林院編修。嗜好收藏文物，終其一生。著有《簠齋傳古別錄》《簠齋藏古目》《簠齋藏古冊目並題記》《簠齋藏鏡全目鈔本》《簠齋吉金錄》《十鐘山房印舉》《簠齋藏古玉印譜》《封泥考略》（與吳式芬合輯）等。

遲樓仁兄左右前書知已呈
覽秋來惟
近履安和爲慰舟來翁古印偶於中有
古印四方云摹其朱文者求
代訪致倘獲入印舉則
至感也專此前懇仰乞
留意即問
頤安不一　弟陳介祺頓首　七月十九日

二八、彭翰孫致吳雲

一通三紙

彭翰孫（一八一三—一八八七），字南屏、南坪，江蘇長洲人。附貢，同治七年（一八六八）任嘉應州事。著有《師炬齋詩錄》，輯《良方便檢》。

二九、宗源瀚致吴雲

一通四紙

宗源瀚（一八三四—一八九七），字湘文，江蘇上元人。少佐幕，歷署衢州、湖州、嘉興府事，敏於吏事，判牘輒千言。在湖州浚碧浪湖，興水利。長於文學，尤精輿地，所繪《浙江輿圖》世稱之。著《頤情館聞過集》《叕餘所見錄》等。

教之湯貞愍詩前數年即擬重刊而喬觴儕

中丞謂不妨嚴汰僉少愈於踈李非草核其手稿
今有遺漏收異不知韓履卿所採何本也耕
於近體多有擬刪論初意謂兩翁忠清大節其
羽殘膏皆可寶貴非他人以筆句爭生死者可比
而偶一翻閱實亦有不必盡存者去取之間無俟一
巨眼定之以呈因循未寄箋簡今吳中有重刊之
意良足欣喜不知
秋帝室中何人可採此致尚望　示及　當即以原本
緘寄也子貞太史之書鄙意極聯條幀皆難垂
久謹以碧龍文箋二紙陳宣紙求書長卷於以
駁今傳後耳

紙共一捲　子貞自須縮書於不傷嚴裹

梅伯太史書可等諸尋常而書之華則振
華千古矣十金購得侍史可否轉請代
酌之耿甫妥便想不致浮沈也去年有　欽使赴
君本使西洋詞有日記雖不盡得體然亦可據聞見
者急欲一觀聞　尊處有此底本千祈
命小胥抄錄寄示或以原稿
寄下謄抄三日後即必繳還也秦淮翁詞藏書畫
頗有可觀昨四月錫荃葉兄暗及否杭州片紙
難見異聞尚多如有未見之人舊蹟時人所不要索
儘不妨寄奉求　留意及之為此敬請
道安不具　弟頓首

五月廿六日

此圖之最妙者也尚多不了外聞有識者詳

三〇、許應鑅致吳雲

一通二紙

許應鑅（一八二〇—一八九一），字昌言，號星臺。廣東番禺人。道光二十三年（一八四三）舉人。咸豐三年（一八五三）以會試第十二名賜進士出身，不久被提拔爲郎中。曾出任江西臨江府知府、南昌府知府、廣饒九南兵備道、吉南贛寧兵備道、河南按察使、江蘇按察使、署江蘇布政使、浙江布政使、護理浙江巡撫。著有《三十六甗唫館文鈔》《晉磚吟館詩文集》等。

愉庭我兄大人嗲席敬啓者明日請客名單
沈仲翔辭却未知何事已補邀
立豫翔並函致一切囑其屏去騶從屆時
早臨矣
潘玉翔來函奉繳所云榮祿大會無此
口福等語究是何解便望
示及專此佈賸即頌
文安諸惟

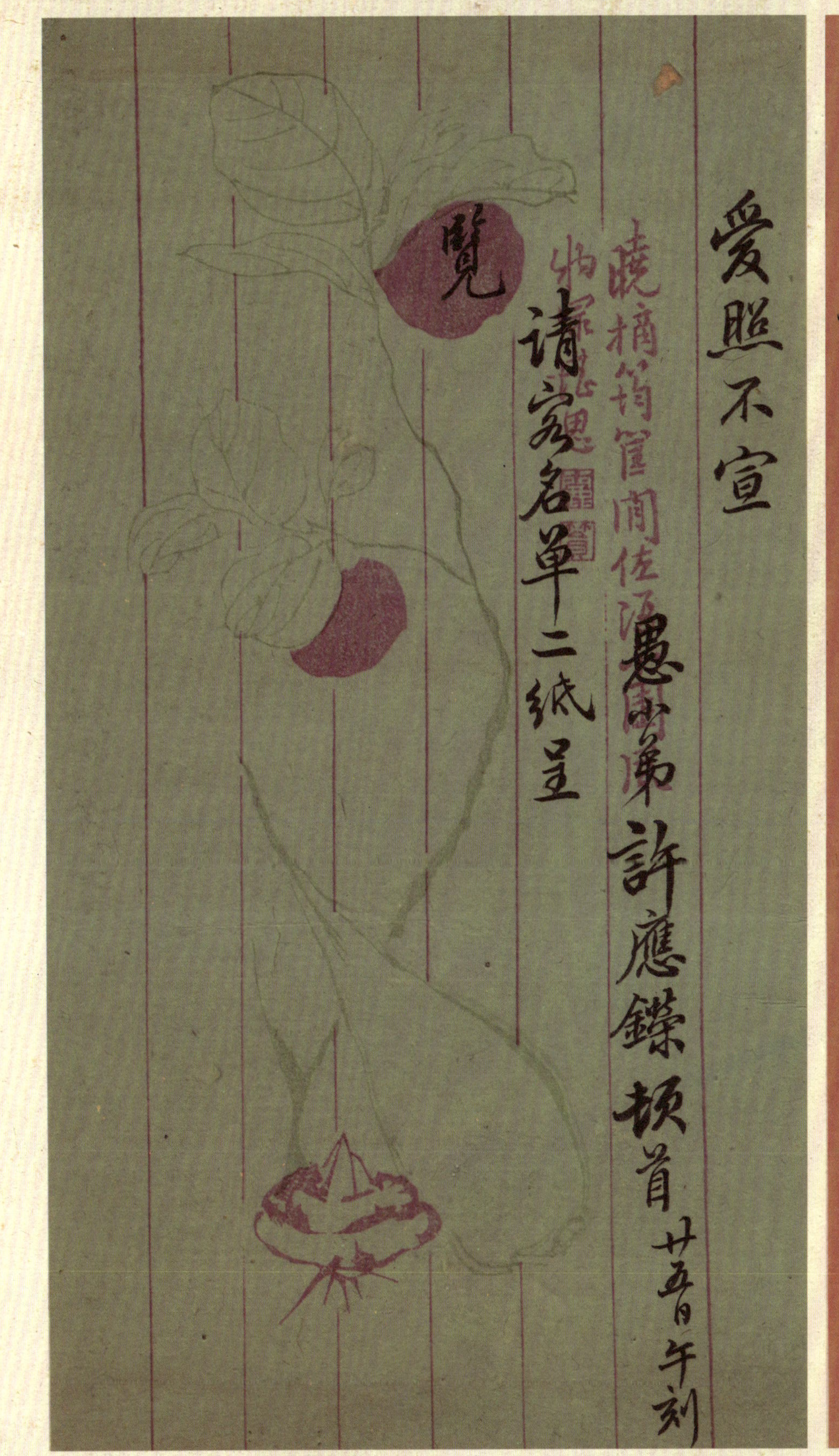

愛照不宣
愚小弟許應鏴頓首 廿五日午刻
請客名單二紙呈
覽

三一、許應鑅致吴雲

一通二紙

愉庭老兄大人阁下敬启者 昔受刷印楹联匠人可否令其到署面议拓工缘弟欲拓沧浪亭

御书碑联并五百名贤像也 昔受从前所有硃拓墨拓七言八言联纸工价若干并望

示知弟新得古甎四块欲琢作花盘未谂应交何店承造併希

将店名

赐示琐事渎陈容晤谢即颂

颐安诸惟

爱照不宣

愚小弟许应鑅顿首谨启 廿日

平齋姻伯大人尊右南北分馳烽煙多阻
停雲在望積日縈懷自益原奉上寸牋厥後
忽魚沈雁杳者蓋因倥偬戎馬握管未遑而
中心欲白之言又非記室中循例寒暄數語所
能宣寫非學嵇生之懶諒邀
長者見原敬惟
褆履冲和
勛華翔洽
建豐猷於旁午拜

巽命之重申即慶
真除莫名忭頌姪輇材多拙遹分滋𢖍事集勞
薪炊常無米徐州間於齊皖寇氛飄忽靡常
民不聊生兵難少息姪自春徂夏親率偏師
周巡各屬所幸圩砦尚能聯絡二麥均已登場

三二、張富年致吳雲

一通二紙

張富年，生卒不詳，字芑堂。入曾國藩幕。同治二年（一八六三）八月，主持泰州鹽務總局。同治六年（一八六七）七月，主持皖南厘金局。

幅匯兗有白蓮教曹有長搶會羣肆鴟張
不下數萬誅不勝誅
郎帥大兵現駐歸德閣侯攻克金樓賊圩即

行移師東下粵逆石達開一股由漢中竄至商
南臨潼孝義鎮安等處狗逆雖已就擒而餘党
仍在豫境肆擾收殘破之地而失完善之區信乎
天心尚未厭也吳興聞已淪陷青嘉復失未諗
滬上軍情何似李聽香兄有無下落 新中丞
蒞任一切想仍偕重
宏才定卜肆畫裕如尚祈
詳示以慰下忱 眉生都轉尚滯臨淮 克帥業
已洛復而 午帥抱病不能視事不知何日方能

入告也肅此祇請
鈞安惟乞
荃詧不具
姻世愚姪張富年頓首
五月杪
外上徐中丞要稟一件祈
附輪船遞閩為禱

一三、陸心源致吳雲

一通一紙

陸心源（一八三四—一八九四），字剛甫、剛父，號存齋，晚號潛園老人。歸安（今浙江湖州）人。清末四大藏書家之一。官至福建鹽運使，富收藏，築『皕宋樓』『十萬卷樓』『守先閣』三樓藏書，藏書達十五萬多卷。陸心源精於金石之學，著有《金石錄補》、《穰梨館過眼錄》《千甓亭古專圖釋》等。

平翁年伯大人閣下：頃在廣巷同年寓中得見惲、王、老蓮各册，爲之心醉。惲册乎？此歎觀止矣。東上費曉樓册一本，乞察入。當有一本，昨付紫沁，容即奉回來上。并聿印請大安。

小侄心源再拜

[illegible]園梅信

三四、彭祖賢致吳雲

一通二紙

彭祖賢（一八一九—一八八五），字蘭者，號芍庭，彭蘊章四子。咸豐五年（一八五五）舉人，官至湖廣總督。著《代量新度圖説》，編《長洲彭氏家集》。

退楼主人賜覽自別
芝儀瞬經五載，昨風懷想與日俱深。敬維
起居安閑，諸凡順遂，允協下忱。前在江右所
呈蘭花，能否數葉以供
清玩。
台從是否常作冊界，抑是有所回想念、
朝方謀穴遷防衛，粉松柏軒與將軍氣
味不投，乃將引退。弟學習星圻冰潤自
勵，去年曇猶叨
庇，教平堆防勇，丹舒營件赴藏，垂頗費人
力，今年又將撤回遣散，既離安插，乃度支亦
復耗竭，翔方定常九兆，論乃分為兩年析為六
期，乃派撥之款，尤能竟裏，急來為炊，幸履軀
耐勞，尚冬幹，曹孫聊堪扶掖。
錦懷，為請
台安。小弟知岳頓首
三月十六夜二鼓

三五、彭祖賢致吳雲

一通二紙

二六、應寶時致吳雲

一通三紙

應寶時（一八二一—一八九〇），字敏齋，永康人。清道光二十四年（一八四四）舉人。先後居南京、上海，留心洋務，學習英語。創辦龍門書院，主持南匯金局，修纂《上海縣志》，著有《射雕詞》、《射雕館集》。

起居萬福細玩

書法精力遒勁乃大壽之徵人自以病得以時有為宜者

文轉中體會出自覺無待於人鏡吾亦非泛諛也承

賜紈扇拓冊既精文字尤美奉揚

仁風心感何極張司直碑本唐帖中無此傑出積箱未

磨回去人秘惜之故前人亦罕重縮攝影縮本墨以

十字碑之在江淮者某年流傳而出拓湯吳王氏向有時在

吳門時曾有人相告而官於土尚未之言之上司親詣

償而嘗望何拒錄無事否一瞻古聖遺蹟若多耽蒙

賜此拓善本神往不已矣稍謝時葉熏瓶內無佳者緣

惟浦江山中人家以此為薪者猪廐稍施芳檢廚下年餘

之久自從家錄咸知文從而出賣者傳移書數中

古人真字在難世時日益跂綿二十日不到回先母不遵

以是以不寫果物並未作錯也茲有杭中於家報謹

貸者尤字兩附致請

試帶以去日子以漫待代購待不害時之老姥一切以常性

兩齒不能行動日坐床上看書諸見德味亦異以博歡

笑僕以少睡寡時持奔走餘暈言者皆以施勇而

不能延醫之人亦服有效德從此足勉強勤承

念諸位從滌洞別之情了未宜一一敬請

台安不宣

渾祉不一 弟延庵頓首 初七日

三七、鍾佩賢致吳雲

一通三紙

鍾佩賢，生卒不詳，字六英，順天府宛平（今北京豐臺）人。道光三十年（一八五〇）進士，官御史。同治元年（一八六二）會試同考官。

平齋兄長年大人如手八月廿八日接展
手書驚悉七世兄忽然無疾而逝此真出人意表無論我
兄嫂望七之年遭此拂逆難以為情且以經理家政穩練可靠之人一
朝長往令父兄頓失臂助言之能無增慟是固當局所萬
難排遣者弟何敢強作寬解之語惟憶前十年
兄長有言古來聖賢豪傑雖修短不同無不從此路而去何必戚戚
真胸無沾滯鑒通後璧之言今日惟望仍作此想中情或
可稍釋承
示暫就婁東子舍藉以散悶計亦良是至於引咎自責雖古人遇
災修省之意但
兄長生平厚德遐邇同欽積善在身慶流奕葉即就今日言之四代孫曾
繞膝七旬夫婦齊眉當前之福報已有明徵此後之麻嘉方興未
艾偶值發徵拂意固於大美無虧尚祈
頤性養真以迓景福是所叩禱承
囑為 廣安補請繼室封典一節事係合例可行已代為具呈辦
理歲杪當可領軸屆時領到覓便寄奉可耳又
囑買頂上好靡麝抵二金塾款遵即買就恐不敷用另照備一分奉
贈一併寄呈佐以大寧(准舍望亦及)東大杏仁統祈
檢存是幸俄事月前大有決裂之意近得曾劼剛又在彼中竭力辯
論始聞布策有中途折回之說或可敷衍了局手汾祇請
福安天氣漸寒諸惟
珍重不盡欲言
如弟鍾佩賢頓首 九月初四
廣安不獨長於吏治尤難得其本色多年外官絕無半點外官
氣猶憶上年來京在弟寓後次稍久與我同飯脫粟啖之甚
甘渭在婁東造福地方培養元氣之事甚多此
老懷之最足慰者也

三八、鍾佩賢致吳雲

一通三紙

玉屑是一大快。内附濟元與清單六收悉。旋續奉三月十三日及
十九日兩次
惠函，備悉壹是。秦氏墨搨，僅甚已付裝池，裱好懸之座右，以誌
雅愛。陶省農太守復信已到，章蒙代促，否則竟閣置矣。諗維
福履綏和，入春以後，益增健悅，深慰下懷。俄事之定，劼侯實居
首功，然非前有崇某以形容之，則其功尚不顯。假使戊寅遣使
劼侯即充其選，啣命而往，定約而歸，不過數萬里勞役耳，無所謂

奇材異能也。惟有此波折，卒使鐵鑄大錯化為煙雲，虎狼之邦帖
耳聽命，轉危為安，為數十年來辦夷務第一生色，豈偶然哉。
蓋庚午天津查辦教堂之案，曾文正查辦時雖迫於時勢，不能
不以百鍊剛作繞指柔，半亦受崇之蠱惑（曾受其惡名，而崇轉有所諉卸）。文正事後追悔，深自引
咎，謂此事外慚清議，内疚神明，其平日聲望亦由此稍損。然其苦
心天實鑒之矣。今於此事，先令崇敗壞全局，醜名宣播中外，然後
令曾於萬難措手之地建此奇功，曾之美大著，崇之醜愈彰，而
文正生前負疚之心，至是當稍釋於地下，成其子之名，以補其

父生前之缺陷，造物之巧，不可思議。弟前書所謂天者此也。兒子疫
迷之證未愈，其恍惚離奇，强半為病魔驅使，不足挂齒，聽之而
已。上年都下一冬無雪，入春又未得雨，麥苗半已枯萎。幸自廿九日
至初三日一雨，三日入土大約深透，麥秋或可挽救十之四五，此近事
之可喜者。耑泐，復請
福安，並頌
潭祺。不備。

如弟鍾佩賢頓首　四月初四日

三九、江清驥致吳雲

一通四紙

江清驥，生卒不詳，字小雲，號頤園，錢塘（今杭州）人。道光二十年（一八四〇）舉人，官江蘇常鎮道。工篆隸行草。著有《甌鉢羅室書畫過目考》《律例便覽》。

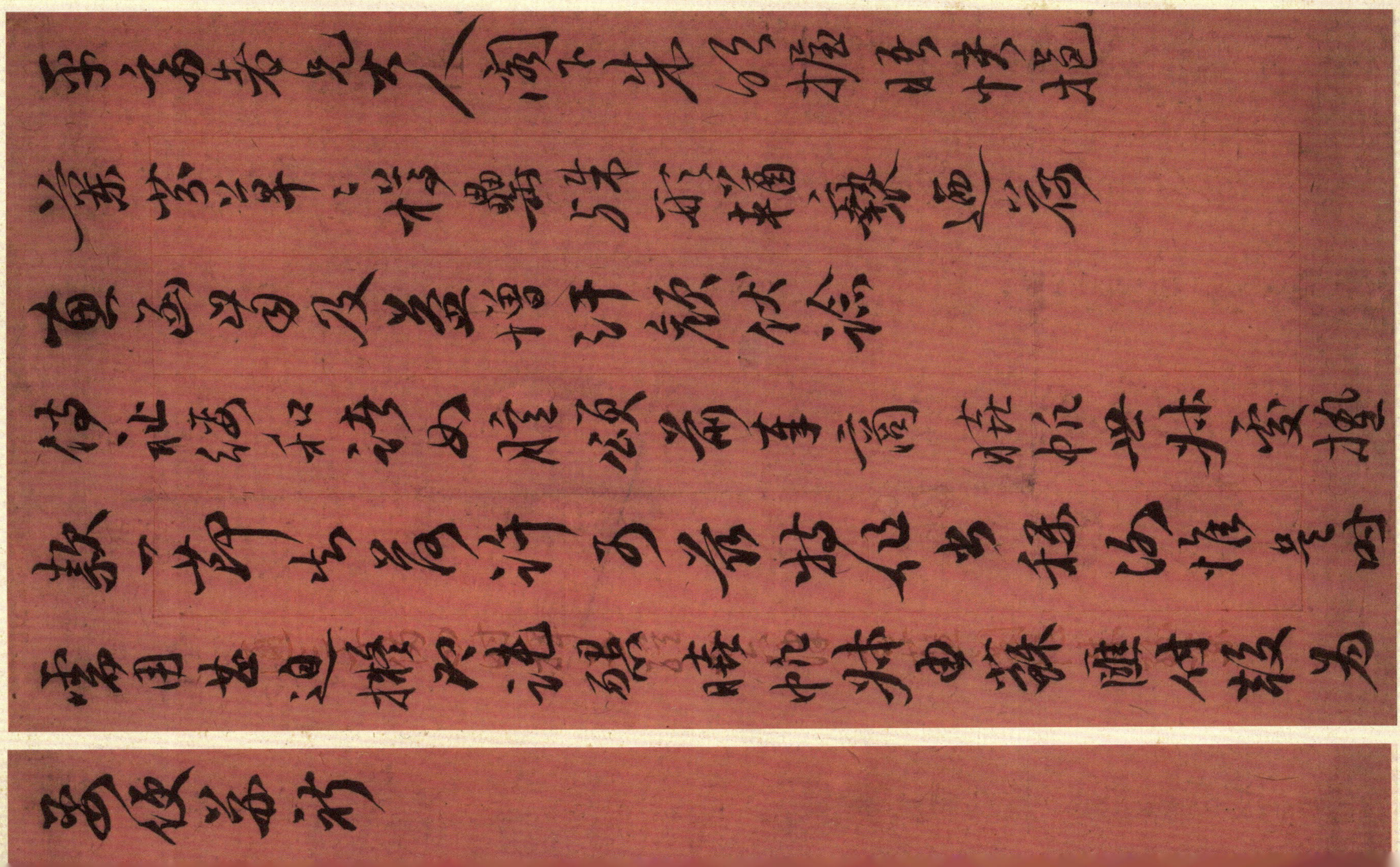

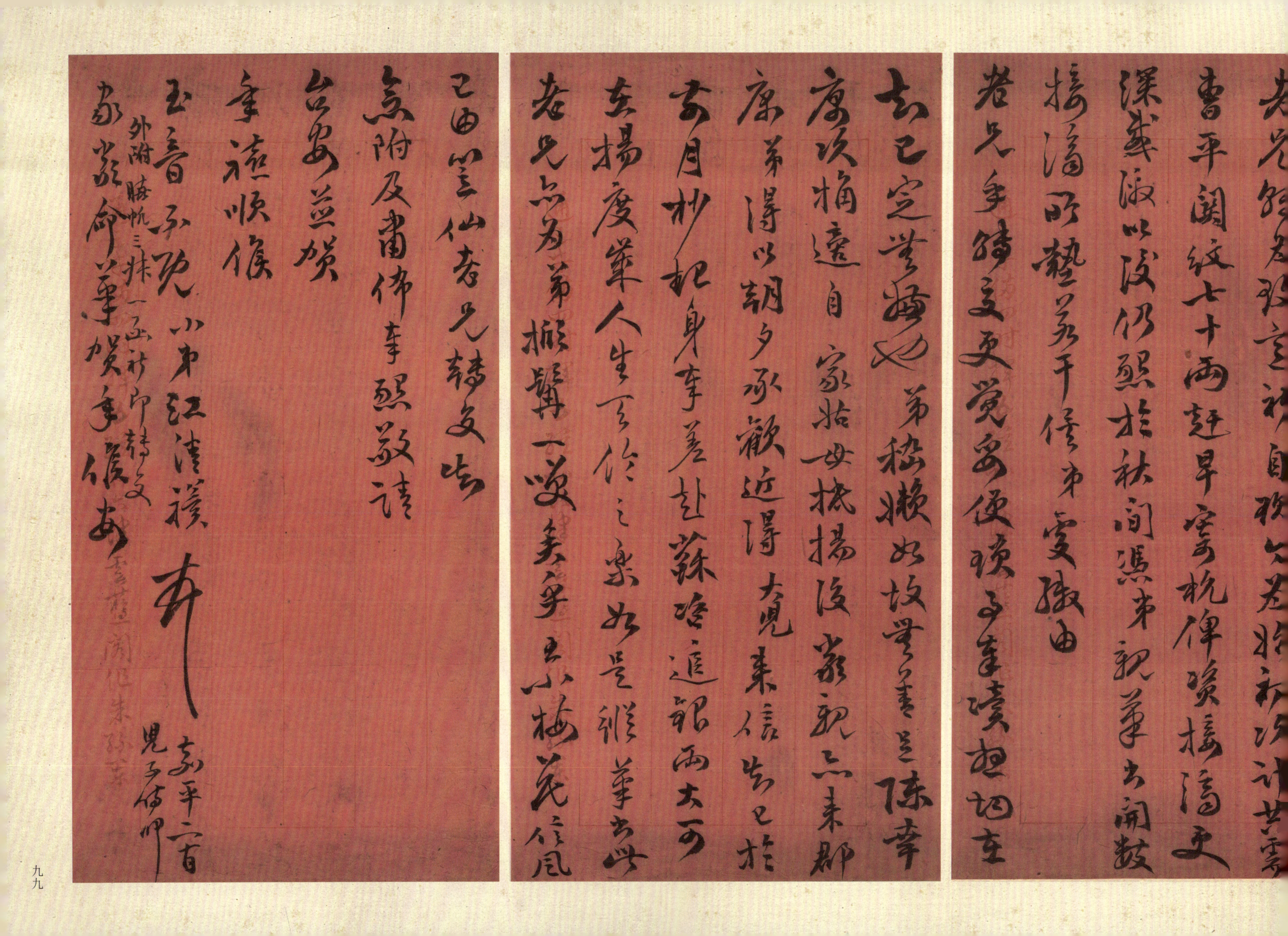

四〇、江清驥致吳雲

一通一紙

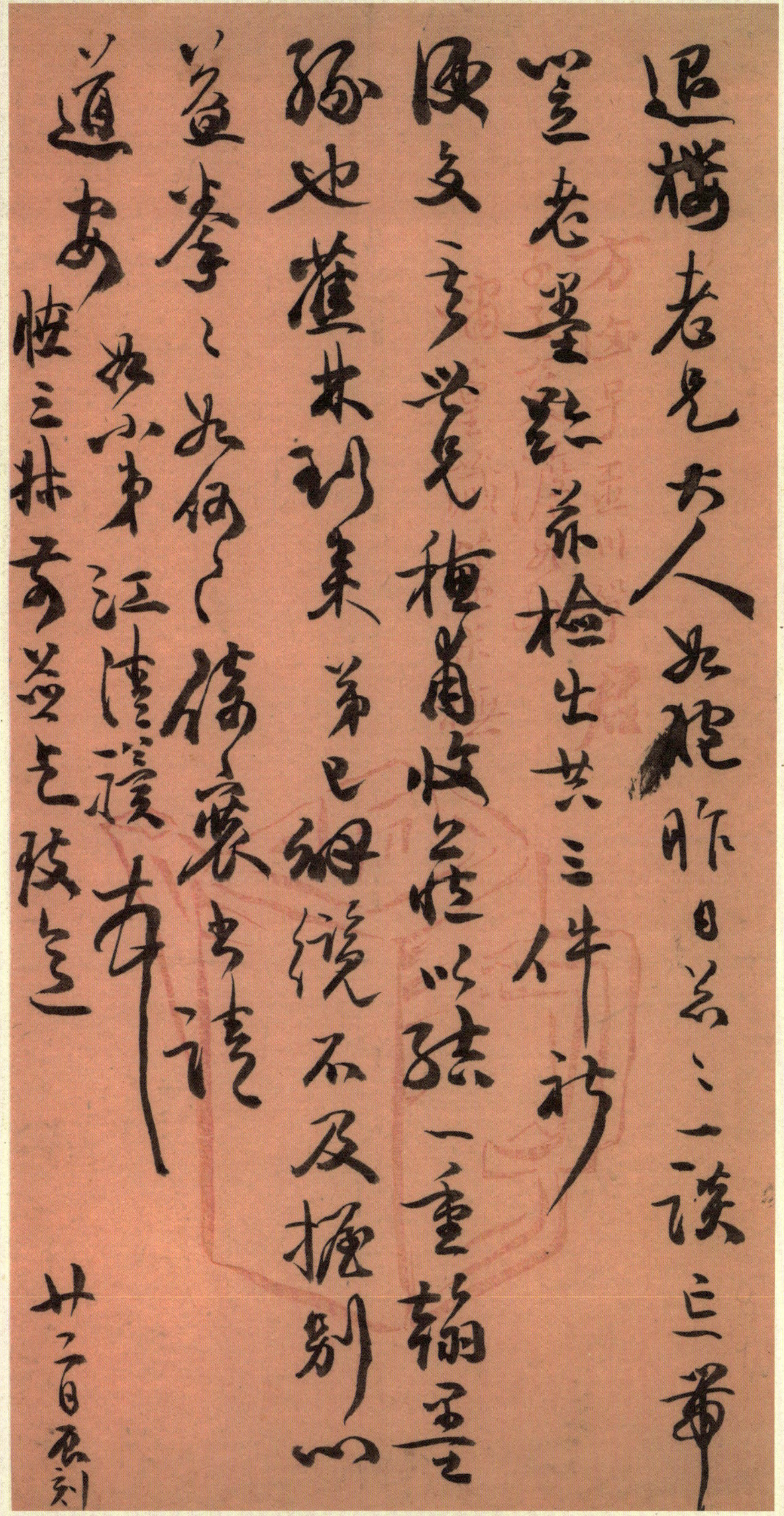
退樓老兄大人如晤：昨日云云一談已畢，笠老墨跡蘇檜生共三件，祈便交之，寄覺兄種甫收藏，以結一重翰墨緣也。雄林到來，弟已細說，不及握別，心甚念念，如何如何。偶感寒暑，請道安。小弟江標頓首。惟三妹壽並乞枝達。
廿二日辰刻

四一、沈敦蘭致吳雲

一通二紙

沈敦蘭，生卒年不詳。字彥徵，浙江鄞縣人。道光丙午年（一八四六）舉人，曾任內閣中書，戶部郎中，陝西道御史，擢江蘇常鎮通海兵備道加布政使銜。解任後，僑寓淮上。輯集《話山草堂帖》，校刻《話山草堂詩鈔》。

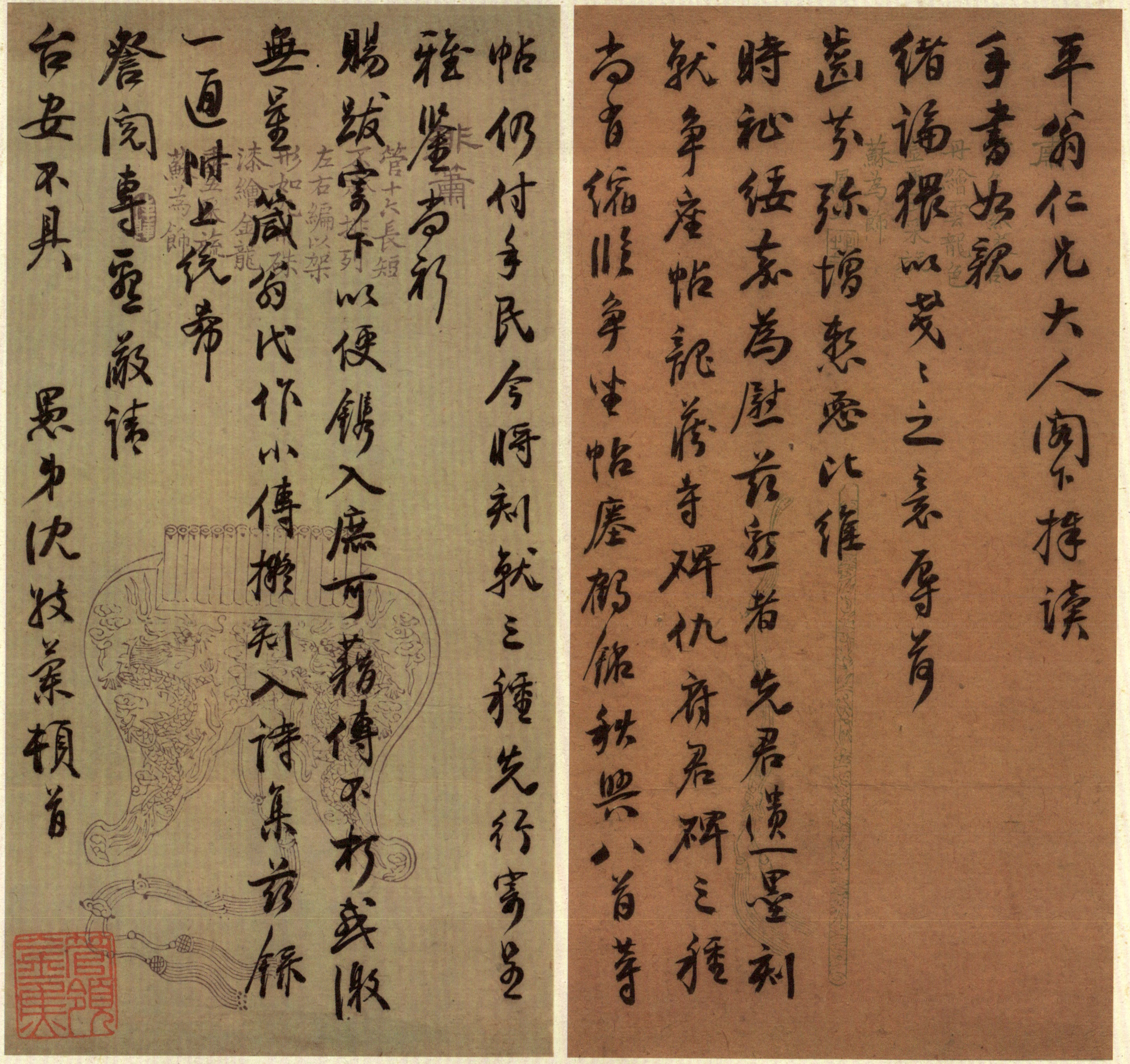

平翁仁兄大人閣下撰讀
手書如親
緒論猥以㦲々之意辱荷
嵩芬孫婿愁惡比維
時祉綏泰為慰前所託若 先君遺墨刻
就爭座帖龍藏寺碑仇府君碑三種
尚有繡[illegible]爭坐帖屢郡[illegible]銘秋興八首等

帖仍付手民令將刻就三種先行寄呈
雅鑒當行
賜跋寄下以便鐫入庶可藉傳不朽哉慨
無量藏前代作小傳擬刻入詩集該錄
一通附上統希
詧閱專函敬請
台安不具　愚弟沈樹菜頓首

四二、沈敦蘭致吳雲

一通三紙

於趙幼含大令到閩接奉
教言並蓮安警欄考引證精覈欽佩
無量詢悉
精神矍鑠
頤養康泰兄源快慰 仲復兄既為

郭遠侍香雖暫亦陳情懇不能不重膺
箸組也峴帥於十七日至閩航海入都
大約六月初間當可履任此間公務為虜
敉平洋務亦無十分棘手之事堪藏鳩拙
惟西北邊防之件為無從言哉可不致決
裂殊切杞人之憂耳比來同人謠集為

不寐寅呈馬勝健羨垂午將臨寄呈
洋蚨四十餅聊當角黍之敬
菀存是幸者布敬賀
午釐兼請
大安並頌
閤潭福祉 弟牧叢頓首

四三、沈秉成致吳雲

一通二紙

沈秉成（一八二三—一八九五），字仲復，自號耦園主人，浙江歸安人。咸豐六年（一八五六）進士，授編修，遷侍講，充武英殿總纂，文淵閣校理等，歷蘇松太道，河南、四川按察使，廣西、安徽巡撫，任兩江總督等要職。光緒十六年（一八九〇）創辦有南京水師學堂、經古書院等教育機構。工詩文書法，精鑒賞，收藏金石鼎彝、法書名畫美富一時。著有《蠶桑輯要》，編《詠樓盍韻集》。

退樓栩村夫人 嘗否 大姪孫之手 仰蒙
賜翼書來，青問為羅聲月來病魔纏繞無人不病
前數日 小兒身熱甚重，昨服吳子備兄方，竹大便惡
物始數矣，知左
垂注用以樹陳王翊家，幸我渓塋缺減之久矣乞
推鈞刻以榜我屋政米

竹簃 雲藍閣製

賜題兵語為書寺迎政禧
乞安 姪叩沈彦成 叩
青師將於之廿四日在齋同下船闊濶玉宵推邀同
人踐約之寔為否

竹簃 雲藍閣製

四四、沈秉成致吳雲

一通二紙

退樓姻丈大人閣下：前者馬蕤卿世兄來，託呈函並
藝蘇老兄丹石刻三種，度已達
左右矣。月朔秋高
起居多勝。
昨楓從中秋包空必韆絶，姪偕崖三斗未
獲撰隱年詩領略清趣，正時時心繫社之。此
間亦代器在少春李妹彥老來知，屬為左手九節
胡筍不必急急北上，姪亦無扇氣之赴滬也。蘭皋
兄因盧子所名已經過，何能告君甚念之
中惡外任兩粵之說，恐尚未確。節禮仍乞
代送。前寄上英洋壹佰零元為區禮之用，外呈
節姪罕元乞
莞存收讀
多安並賀
節喜。云叔
合福，不盡。

外附蘭筍一函乞
餉叔為荷

姻姪京成頓首
姪媳同叩
初七日

四五、沈秉成致吴云

一通二纸

退樓姻丈大人閣下 前日快談，絶咲〃〃 新舊

兩院年禮仍求

晉處代辦，於明後日頒 晉記往送，舊院仍用門

號，而新款應否照舊？祈 酌〃 新院不用門包

日昨 何中丞函詢三號，語甚切實也。承

代辦神物，賬自乞

明日不拘早晚當抽暇趨談也

將同會計者開示，以便奉繳，跂請

台安 姻姪京成 聿 首

再者李姓彥桂

晉處爲世家子，明正望來叩謁乞

延而教〃 俾省中無人閱照料

長者推愛時〃照拂 一切未知能

俯如所請否？來致冒昧，屬爲介紹，隨後即上老

右右也。姓彥應送兩院年禮亦祈

晉處賬房代辦，是否可行〃乞

示悉爲盼 姻卿又上

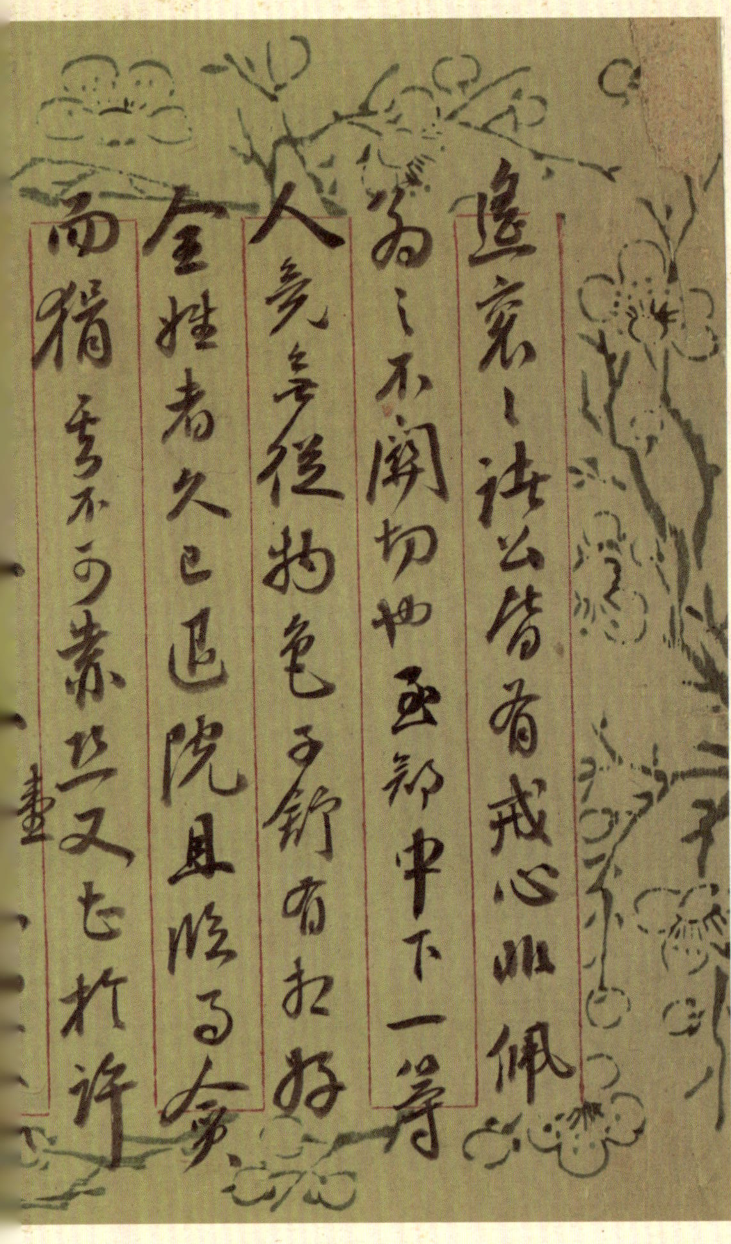

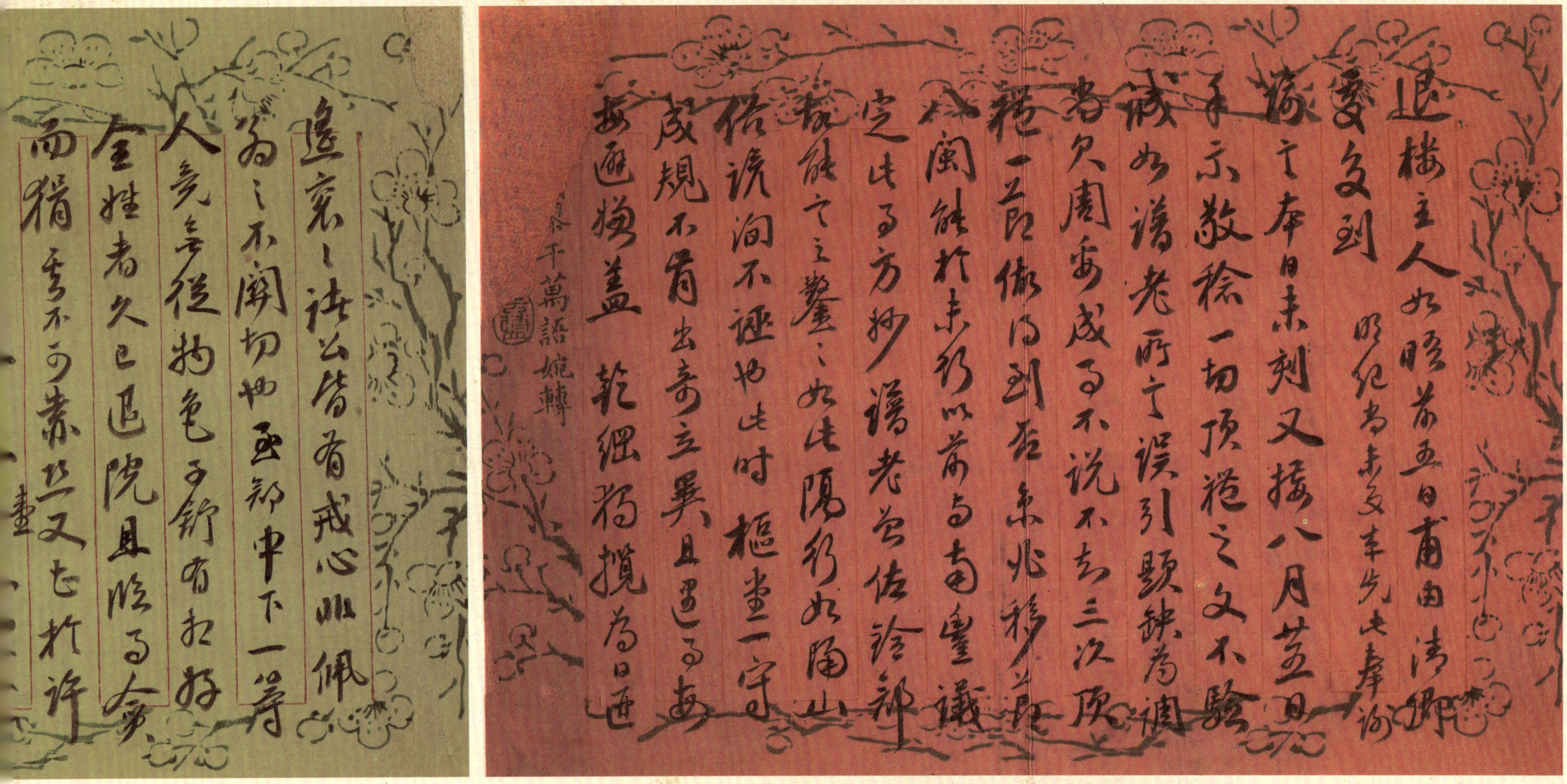

四六、佚名致吳雲

一通三紙

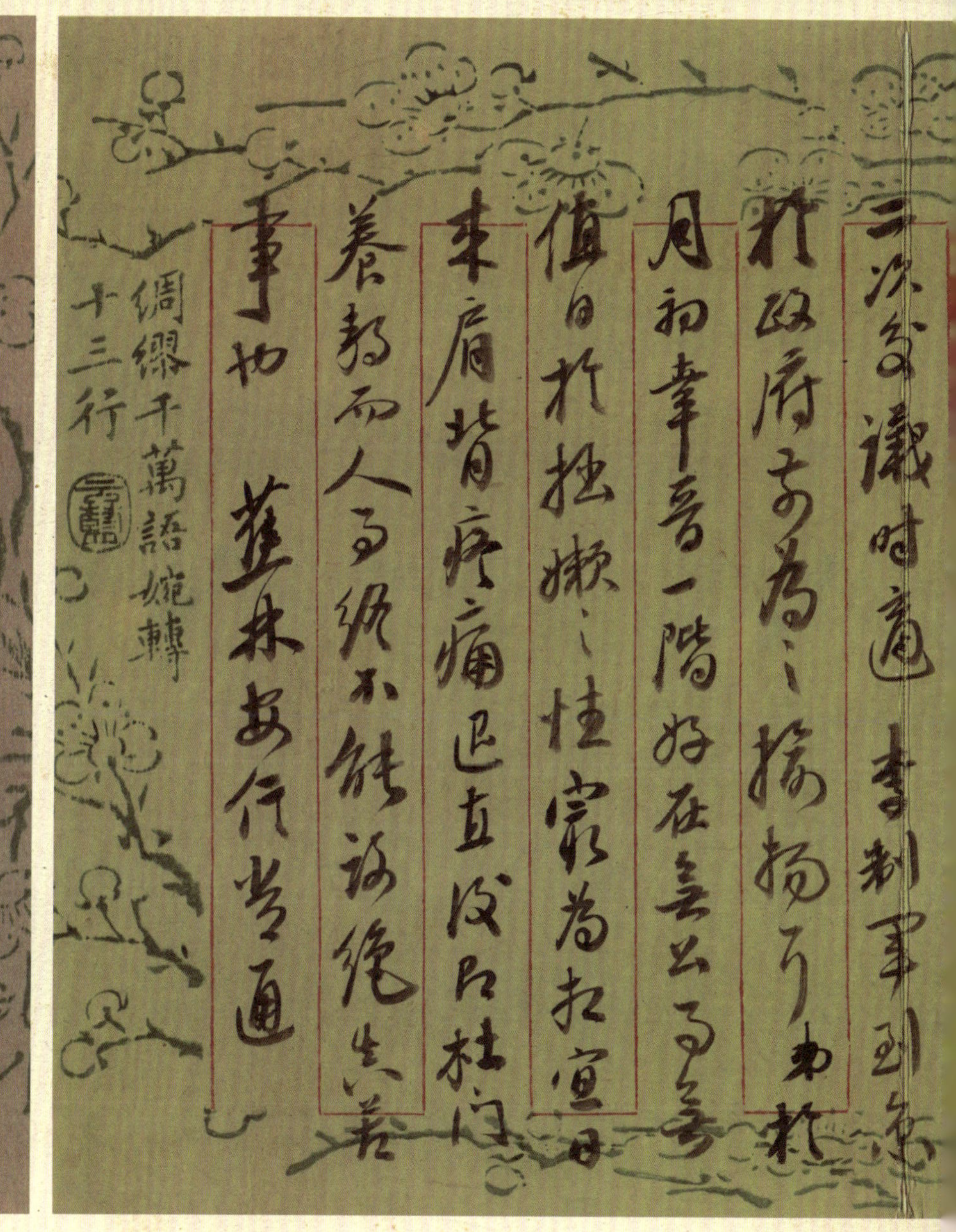
綢繆千萬語婉轉
十三行

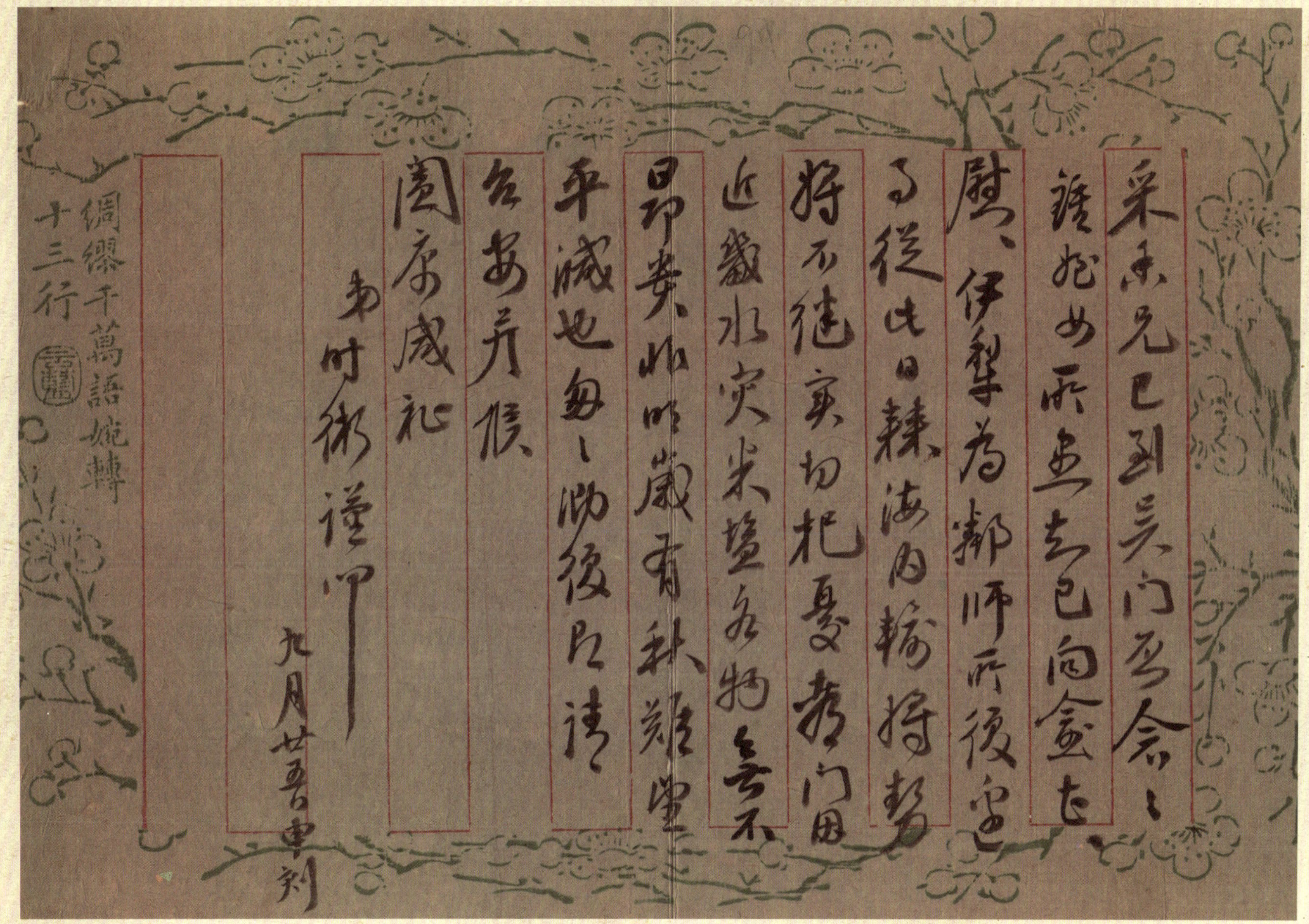

四七、佚名致吳雲

一通二紙

圖版　兩罍軒主人吳雲尺牘

四八、吳雲致汪鳴鑾

一通二紙

汪鳴鑾（一八三九—一九〇七），字柳門，號郋亭，一作郇亭、潛泉。錢塘（今杭州）人，僑寓吳門。清末大臣、藏書家。同治四年（一八六五）成進士，選庶吉士，授編修。遷司業。曾主講杭州詁經精舍、敷文書院。著《能自遲齋製藝》《萬宜樓詩錄》等。

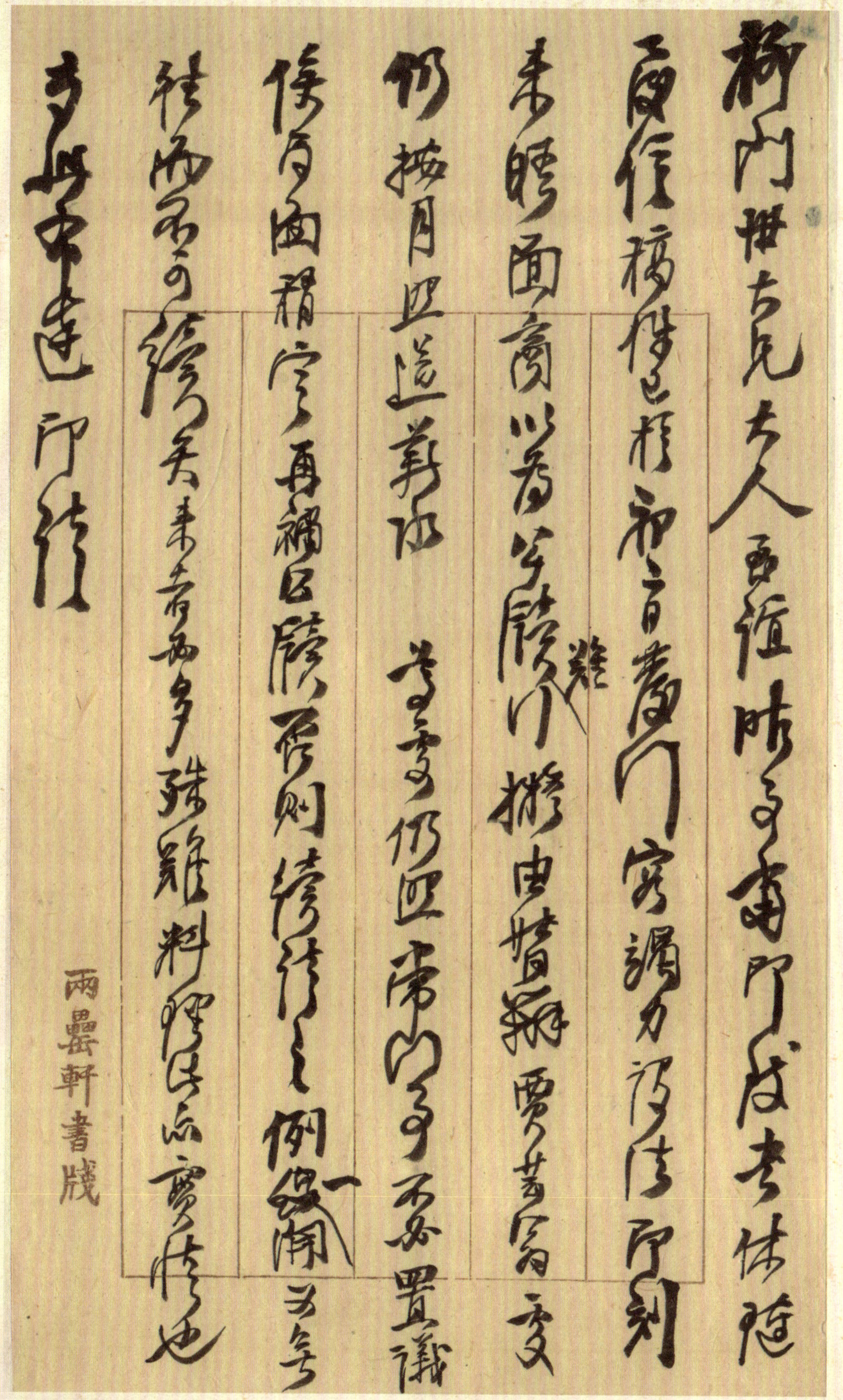

兩罍軒書牋

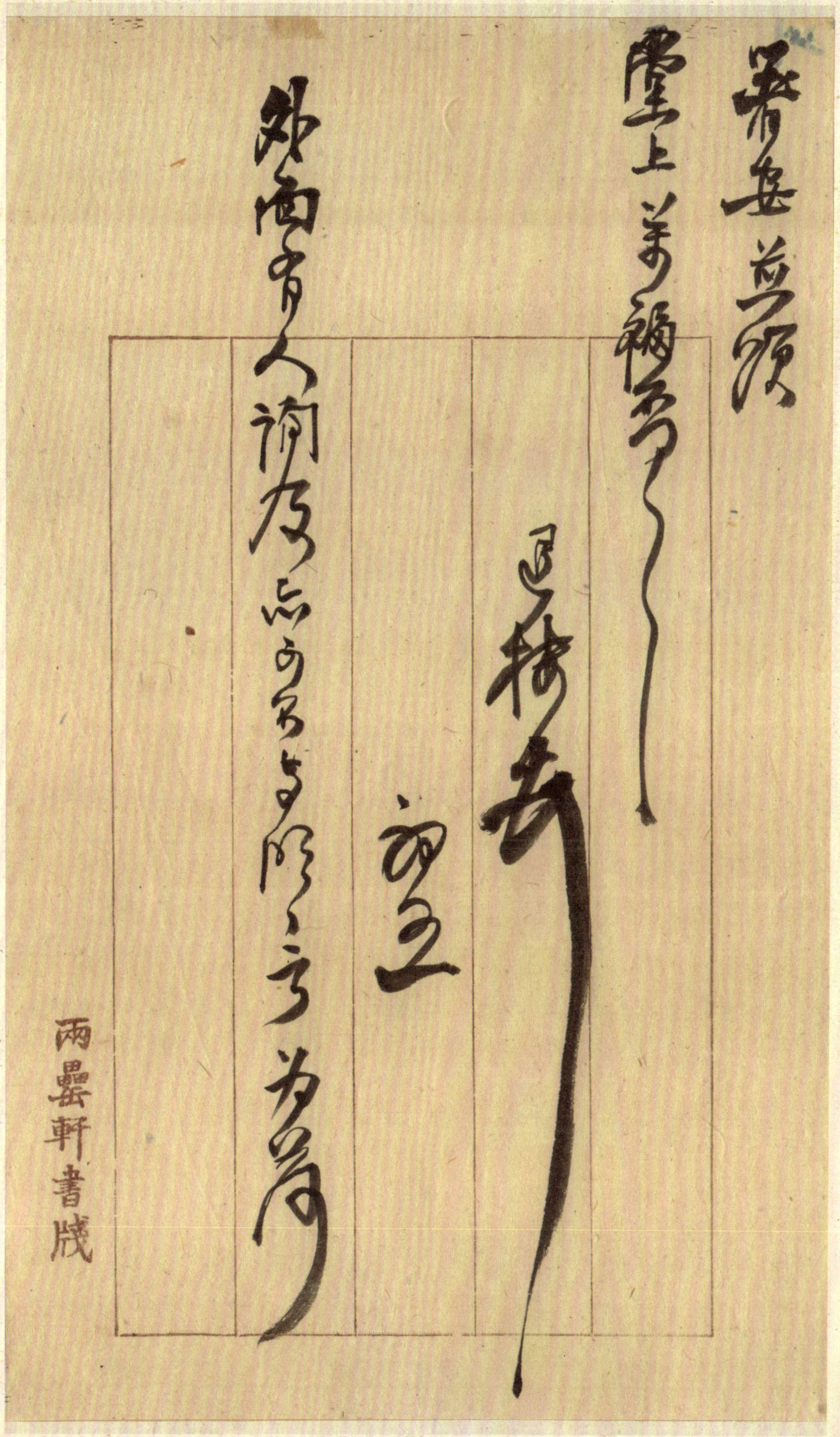

兩罍軒書牋

四九、吳雲致汪鳴鑾

一通二紙

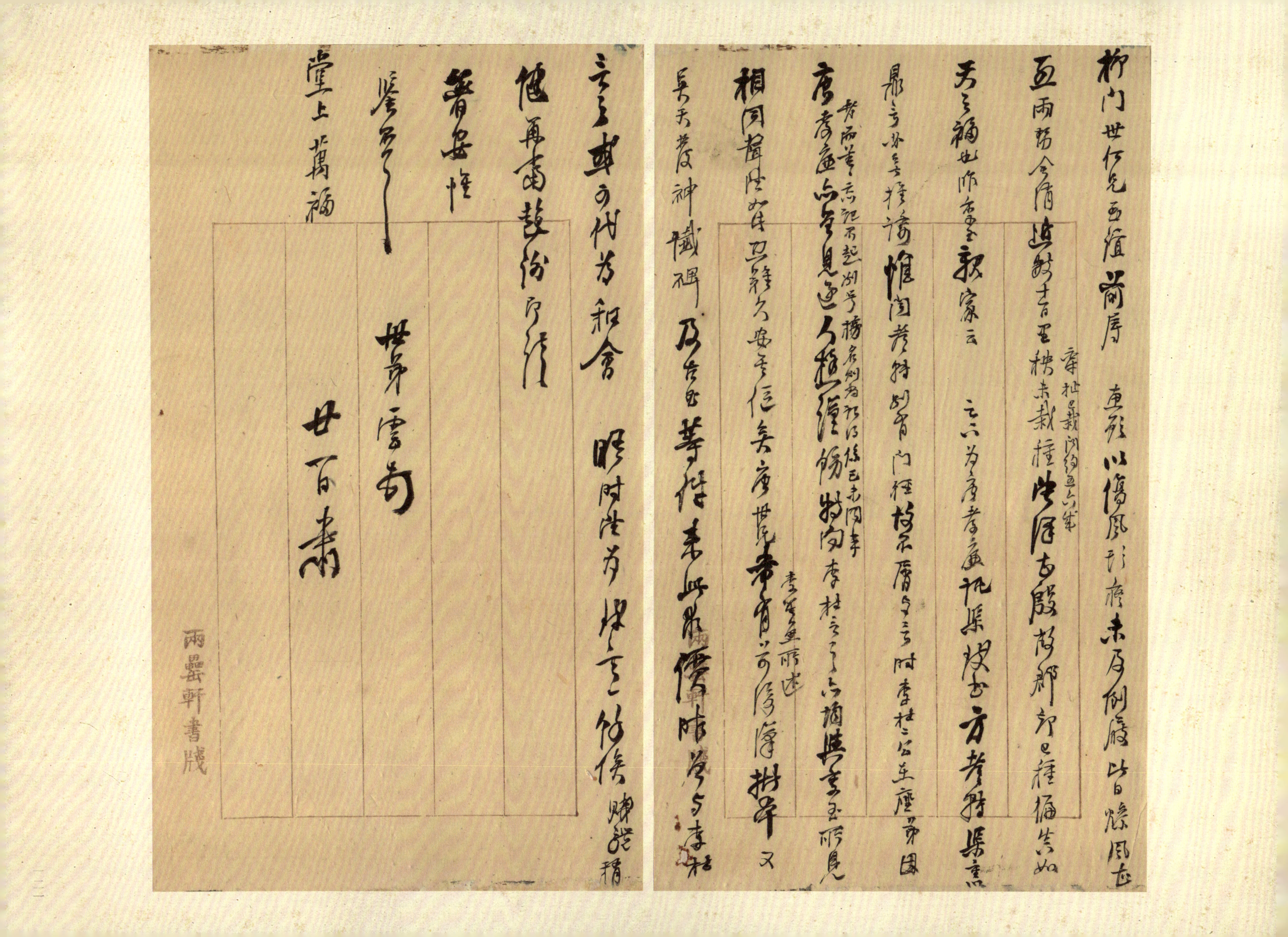

柳门世仁兄五姪前[illegible] [illegible]

[illegible]

[illegible]

[illegible]

[illegible]

[illegible]

[illegible]

[illegible]

之之[illegible]可代为[illegible]舍 [illegible]

惟再[illegible]

箸安惟

鉴[illegible]

堂上萬福

世弟[illegible]

廿[illegible]

五〇、吴雲致汪鳴鑾

一通三紙

至祈[illegible]

旅祉綏佳

侍庭葛福，[illegible]如所頌。弟偃息[illegible]庵，以文墨自

娛。三兄調署太倉，[illegible]想[illegible]，[illegible]達[illegible]

清簡，又無過往酬應，可以盡心民事。刻下雨暘應

時，地方極為安謐。[illegible]馬制軍[illegible]変，想書中均經言及

曾震駭。兄身似是，因最中人，此古制宜之[illegible]熟

審其難，乃以借制軍人極和平之言[illegible]橫禍可[illegible]

三哥清卿寄停西平到都。祖太夫人之書閣付

清卿到家，再行摒擋。帖書到[illegible]南旋，培卿及

宗和[illegible]作[illegible]

昨清卿[illegible]書[illegible]

署安，諸維

[illegible]　退樓[illegible]　[illegible]

尊大人精神[illegible]

安

[illegible]

五一、吳雲致汪鳴鑾

一通二紙

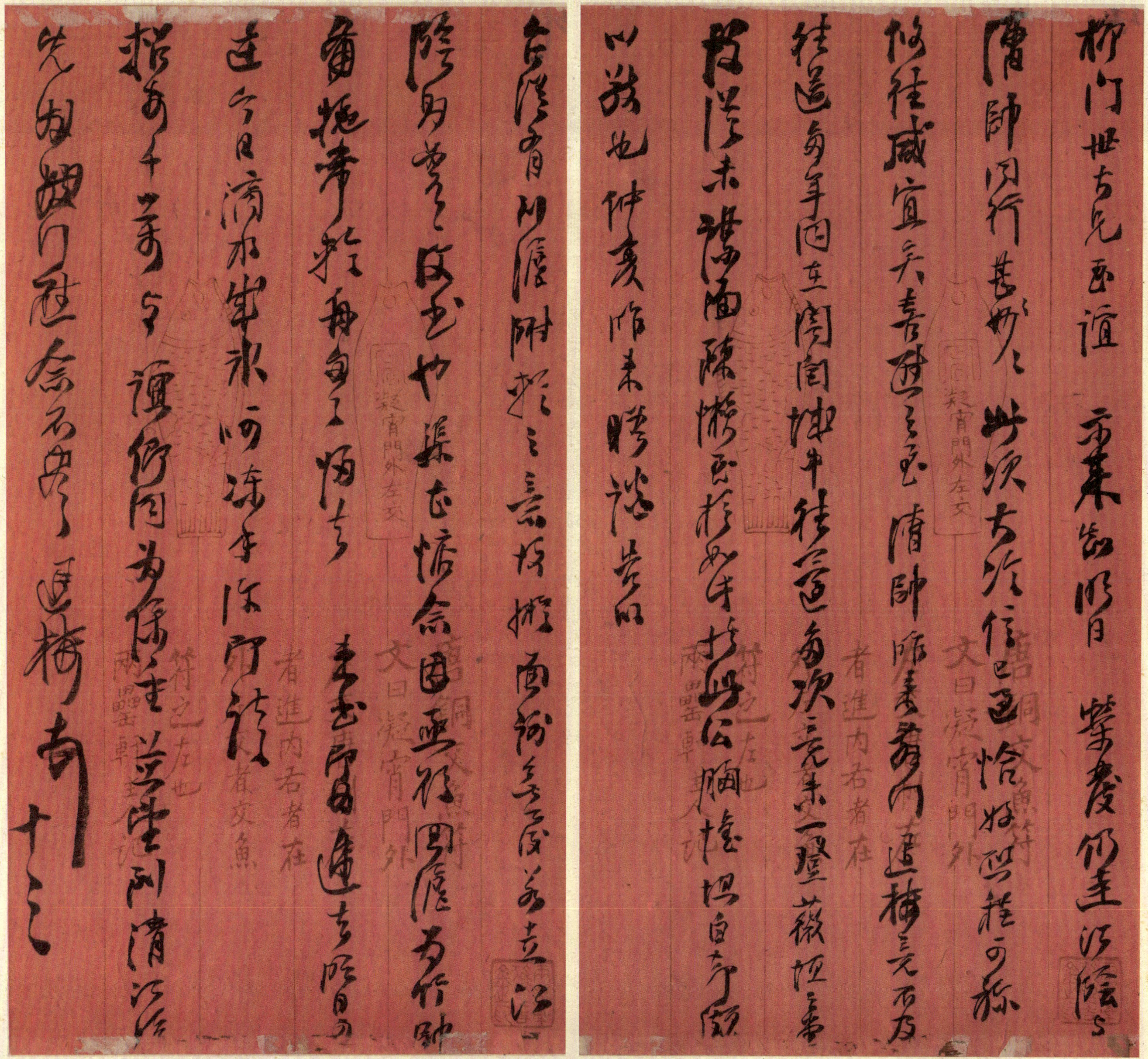

五二、吳雲致汪鳴鑾

一通三紙

五三、吴云致汪鸣銮

一通二纸

潛夫主人二兄：昨寄兩信並書奉煩
頃奉若後拉雜計
塵生如不為羅浮維
侍庭曼福
史庠凝望空如肌頤前
陳寄來氏蘭亭五字已異置集山房樓
拓本一冊寄呈恬者他日當為攜來寄分

汪氏藏本蘭亭此是攜之于梅亭原本至
家不爽毫釐
清玩又擬寄鶴林玉露橫幅一幀寄贈
尊夫人坐　轉至前把眾物併借取去后便託
交金垂山世兄帶下又帽子郎才四名舍寄
帽樣一頂請照此式各買一二頂寄來
費容餘由函繳順道不贅　遇楷稽顙　十九

五四、吳雲致汪鳴鑾

一通二紙

柳门世兄亲家阁下：前寄赠墨拓一本，初以
为未必足存，乃阅署款之廷璠也三字，推金寿和
间翰林修撰王黄华名廷筠者，王乃宋元
年刻石墨迹，古法帖所之有，归雪溪李帖
本。春世勤传，岸所得碑乃至所也，累之米老碑隐然
称佳构，云藏之黄山风雪松柏图卷，后有黄华
老人题语，墨林之瑰也，俗曰为出自黄宗
金石家著录者。米芾形神毕肖者，云峦居
士黄华老人，识者谓黄华兄胜前贤
碑至纤窥已不肯他乞
录示，大约已遗拟不得于纺碑录诸书不载
也。今日寄来，门谁能识？原命即请
著安，敬颂
侍福。不一。 世弟吴云顿首 廿四日

两罍轩

五五、吳雲致汪鳴鑾

一通一紙

柳門世大兄大人：六封書作附去，伊處書亦止
羅之所收五千隻之奇，此外非惟官者我以例餽
為限。請姑存之，至所送回賬，另各件價目送上，
也。若彝新來以百金為餽，可勢簡之矣。泥器文詩以百金
收購，器所購器可急之物，專用言之即托呈請
送我一詠，因多作順便字，或弗或另寫也。此請
台安。
樹鏞 頓首

兩罍軒書牋

五六、吳雲致汪鳴鑾

一通三紙

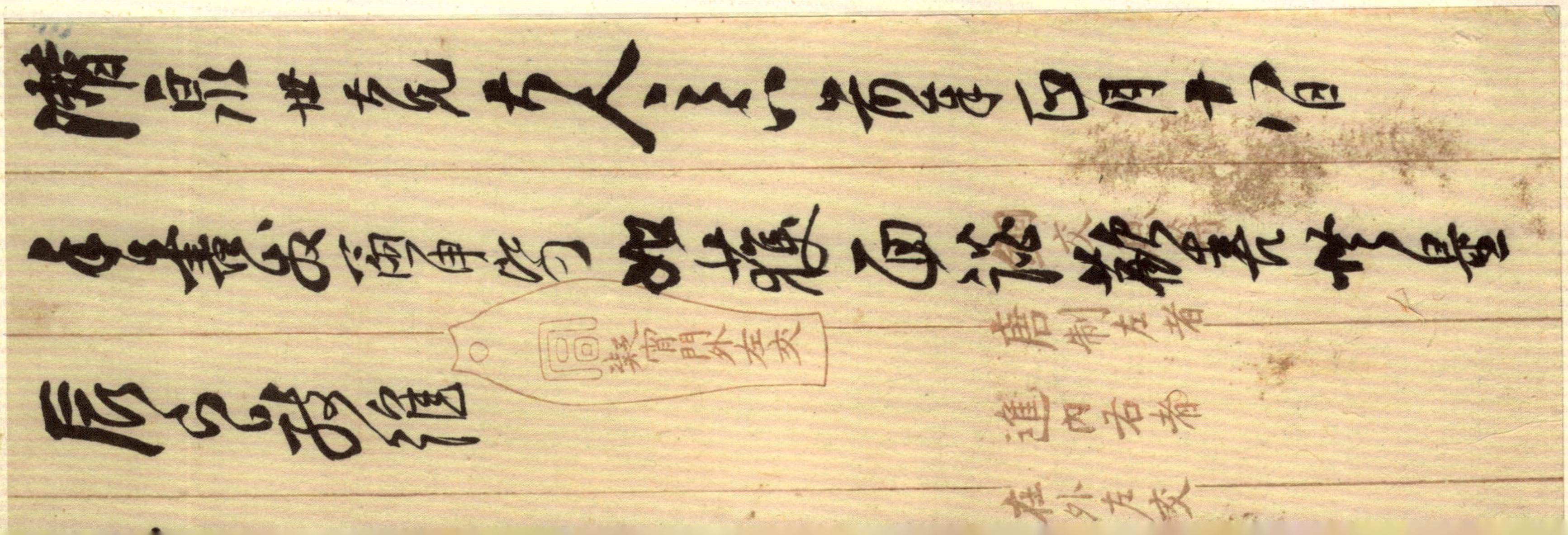

寄生州閘墨書已詳讀拜覽
衛堅精審均所欽佩弟向有拓本他日當詒
得古之學甫與歐陽公後先輝映使莫
君已華髮前杜門撰述老病交集訓宣早
已謝絕近得恒軒賓客書述沈綏之樂
恒軒三載來深所企望而若富且精惟
圓之顧某之高於所尊重之以法藏也還
寄到嘉南中也可見老彌古魁之啖飲食
如秋之佳好凡古之見者見附聆務
請尊邑念 頫兄惟有青之素至書所謂阿達者
千此布復順請
著安統維
為附候華亭宣 世弟吳雲頓首
運齋均此申意 肩廿六日書

同
凝宵門外左交
唐制左者
進內右者
在外左交
者交魚符
之左也

五七、吳雲致汪鳴鑾

一通四紙

午書昨日奉到

續示附鄭盦一函，[illegible]所署月日，[illegible]

發[illegible]

[illegible]

道德文章[illegible]

[illegible]

作五六百字，今年[illegible]為近十年所[illegible]

[illegible]讀書樂四篇[illegible]

[illegible]

[illegible]精力[illegible]年華[illegible]

[illegible]

[illegible]

[illegible]年華[illegible]世[illegible]

鄭盦[illegible]書[illegible]

[illegible]丙子[illegible]月初六日[illegible]

兩罍軒書牋

五八、吳雲致汪鳴鑾

一通四紙

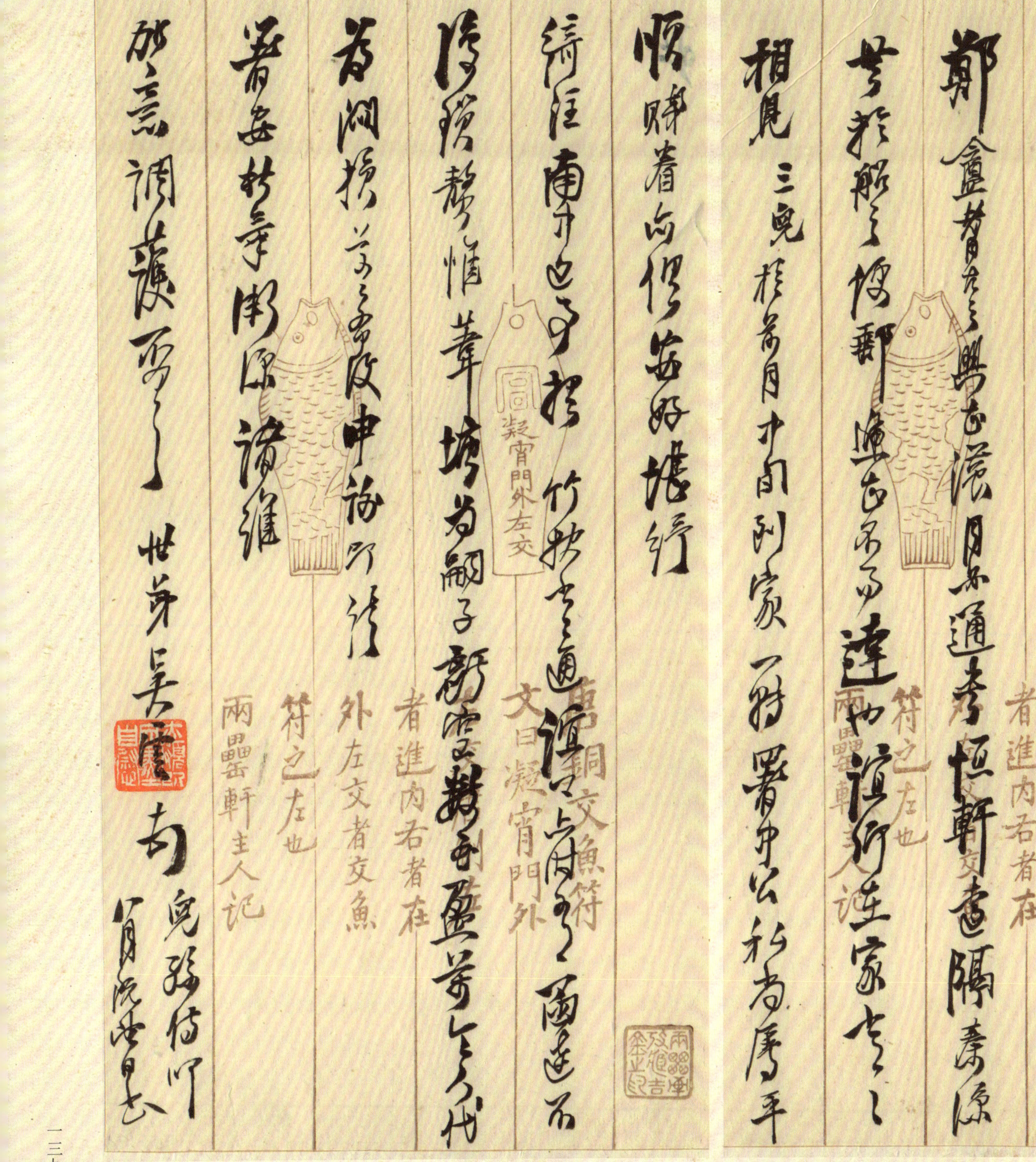

五九、吴云致汪鸣銮

一通三纸

六〇、吴雲致汪鳴鑾

一通六紙

送健帥為南為為推轂再擬託少寫下之以歆
為借雲間太守大約今日亦可到着也雲巷府杜門
新正以來出門只三次朋信招邀者過則亦再來
逕飄之野外而世形迫之拘拖絕繆支撐
去歲南中雨雪過多庄山甚大閘本數十之隆西半

月以來動涙彌望簷溜如瀉只手小亂輒喚柰 三
何茸清答語戲眉終日為多無更奔耳而
秋帘所画則之在涉之在辦矣刻之南木曉情若道
坐雨蒼蒼之者首一轉移則普天蒙福矣所
雪教氏盤招年雲在那上元見同之種一絲潤如
花者自留可為秋氏一兩多頗恆軒去年郁盦

書來猶在恆軒去見可賢年所需盤購求 亦係恆軒所說 四
堂魚初索五十金得聞者中來詩則亦但高其價
目見動石歎之寶將亟扇將來值亦索僅矣鄭
盦言未之挾惟高

道躬安康闻與仲蔚騭文章時並樹幟
為慰雲卿先生高義伊弟用金錢已眠令兄並行
綺注拱仙蜚種由路兄弟至吾郡氏槃論
有是是光甲辰乙巳间涛陵栗园所贻剑
余獨賭徒傳庭山美面之要澀鞠先生统
乞 哂納 路兄由蔣苑以之奇節聊於十載荏苒
中途保養以光吴引 見功名通塞遲速恆之
不然非人力所能奈緬今守已不知義命以陆法物之
径置可也 惟此次列者 有
郎亭是持畫無巨细悉以相資為胖祥補闕
先假徒咸宜則喜能之集者也夜游法衡對字
可以晨夕談也光為雅仰子此事矻矻耶循
合安並此
閣寓均祉不宣 世貞頓首 閏六月初九日

郎亭院完心十三篇廿十数字今得精研箱

史详考斋又增职先京颇须鬓所馀之两年

此乃石代传人昔见所得金符中有一国土者舍

郎亭甚谁所得何副所 嘉兴图状

命前先寄上师酉敦二器 共拓本四叶 庚羆卣

拓本二叶 射敦拓本二叶 臤等者文勇作命簋一 王

子申盨一 此新乘所有一家文精而接角者 先生

鉴赏外须敦二一又季玉花一又仲友并季玉

所藏者甚盖向主二两曩轩得乃李玉先几廷津

三合远半以多题两器字多时不弃字多并统帝

检人两椢诸去腹内拓之石揭未之有现出精廷安

连同数盘沿由联兑面谈不亦猜也来而行请

着安並颂 和之恒轩之西简荣 且有棕文为房

阁侯均祉不尽 世弟云敬 寅月初十日也

同 疑宵門外左交 銅魚符 唐制左者 在外左交 之左也

六一、吳雲致汪鳴鑾

一通四紙

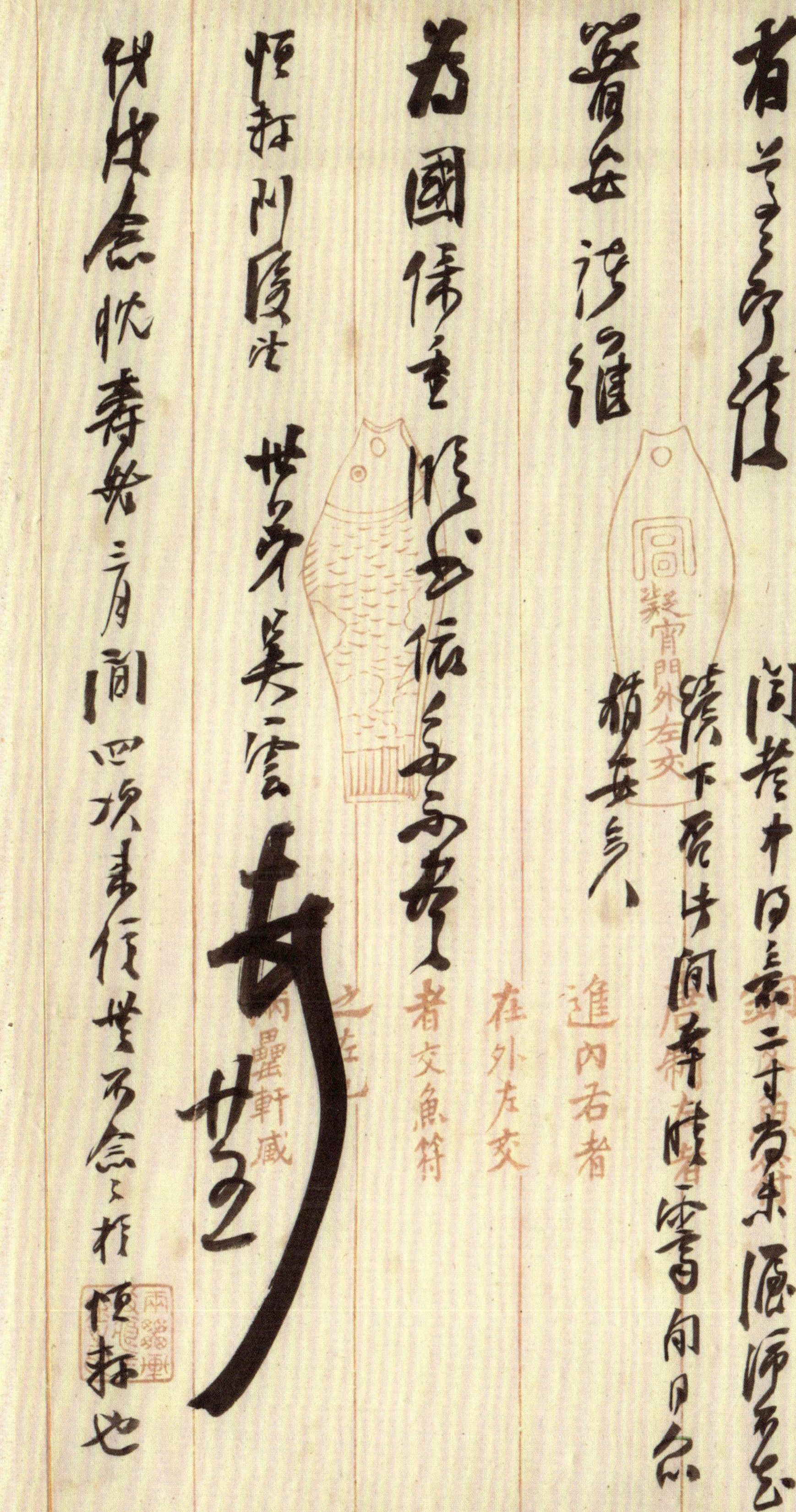

六二、吳雲致吳大澂

一通三紙

吳大澂（一八三五—一九〇二），初名大淳，字止敬，又字清卿，號恒軒，晚號愙齋。江蘇吳縣（今江蘇蘇州）人。清同治七年（一八六八）進士，授編修，任陝甘學政。善畫山水花卉，精於篆書，金石鑒賞。著有《愙齋詩文集》《說文古籀補》《字說》《愙齋集古錄》《古玉圖考》《權衡度量實驗考》《恒軒所見所藏吉金錄》《吉林勘界記》《十六金符齋印存》等。

一首拙題不另聲叙則是通有素仙難寄以情理度之為幸

也安國以刻不石乃手繼之者或於揣摩風氣事事附寺

從吟處事講求則事不言矣計刻以早五揭陵一本有

三六與時形勝皆推挽完之云不在乎須鯉之逼由廷柳門饒

證前又讓史瑪瑙烟壺二枝共書古

道為來否來頭壺精緻二元[illegible]水晶則尚無寫之矣再託

於一拙作所言之思論

買靴袖二後毛形西

一毛形稍大

一毛形稍小

又靴領二条左寸為放大毛形亦西

又干若領一条[illegible]放大

紫[illegible]小使擇（簡須）其項高者授為附久或為後寓之或為藉莊

培要亦美之見否令之退樓今年但畫頗不少田張仲如柱處之甚妙

今年見摸畫扇形理為壹處以紙扇厚畫於是索之中歲來求

於此未及發不能[illegible]將質值上陵一人

專（敬）興殷安此屬草此言之更頌自喜[illegible]不一

恆斗[illegible]請老若[illegible]磨也[illegible]

著安南[illegible]復附

負數門 是所[illegible]

以[illegible] 退樓[illegible] 某月廿日

三兄[illegible]付[illegible]年庚午[illegible]

圖版　兩罍軒主人吳雲家書

六三、吳雲致三兒吳承潞

一通五紙

吳承潞（一八三三—一八九八），字廣庵，號慎思，又署慎思主人。浙江歸安（今湖州）人，吳雲三子。同治四年（一八六五）進士，官至太倉知州、江蘇按察使。一八五九年至一八六九年間，寓居網師園。一八九八年六月遷福建布政使。著《顯考平齋府君行述》，有《延陵故札》稿本傳世，編《漢建安弩機》。

生[illegible]说、惟[illegible]番作坐自己機器打船、所以由金

陵直至寶山、運至天津、船系[illegible][illegible]圖、在大沽[illegible]

[illegible]蘇、[illegible]說[illegible][illegible][illegible]價、大[illegible]向船廿三日到

[illegible]為之先、此番[illegible][illegible]之船則可[illegible]、約至何時可預為[illegible]

稍、年來作記滬上事務、接陸上之[illegible]滬[illegible]有一二三日耽

閣、據說宜也、[illegible][illegible]到、[illegible]稿[illegible][illegible][illegible][illegible]稿

[illegible][illegible]船、用以[illegible]先[illegible]至十年以前稿、[illegible][illegible]

[illegible][illegible]責、近日以手則稿[illegible][illegible]也、[illegible][illegible]已[illegible][illegible]來下

稿矣、沈梅[illegible]古印、[illegible]以為囊中之物、[illegible][illegible]肩

日三[illegible][illegible]此間遇[illegible][illegible][illegible]

[illegible]

[illegible]

二十[illegible]

一陰敦阮文達公云
鈞陰陽相配合作
入習用吉羊語也

六四、吳雲致三兒吳承潞

一通一紙

恭賀

誥授朝
議大夫德州年大人一[illegible]

恩憶貴鑪　荊樹連權

姻世愚兄吳雲率子姻世姪承潞仝拜

三太姪俯就角陸寄去　假軸為呈

漁銅鈎二其一陽款
揣其制必更有半
鈎[illegible]相[illegible]
符券文曰長壽漁

六五、吴雲致三兒吴承潞

一通二紙

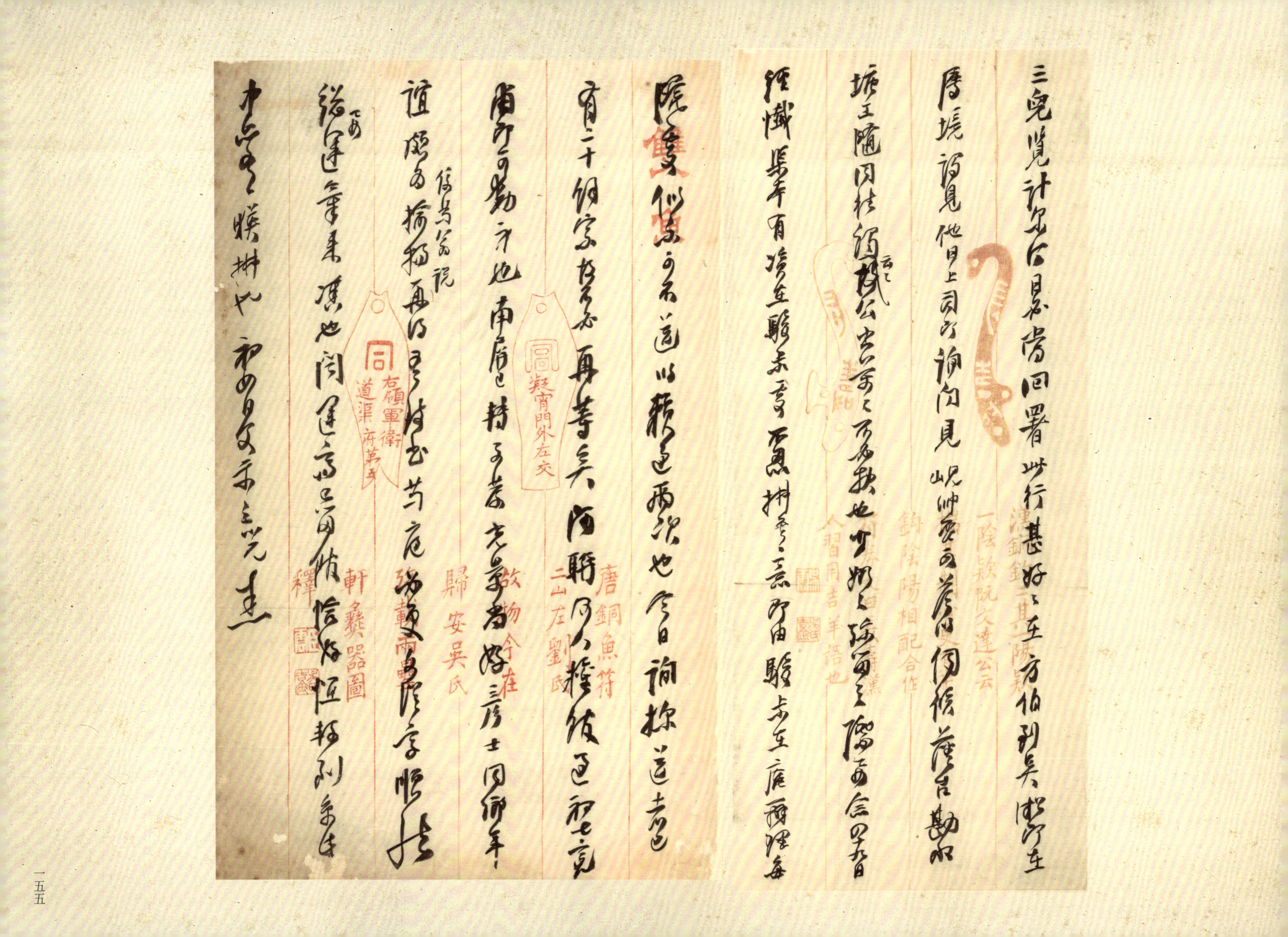

漢鉤鉤二其陽款
一陰款阮文達公云
鉤陰陽相配合作
人習用吉羊語也

唐銅魚符
二山左劉氏

凝宵門外左交

敔物今在
歸安吳氏

右領軍衛
道渠府第五

軒彝器圖

六六、吳雲致三兒吳承潞

一通二紙

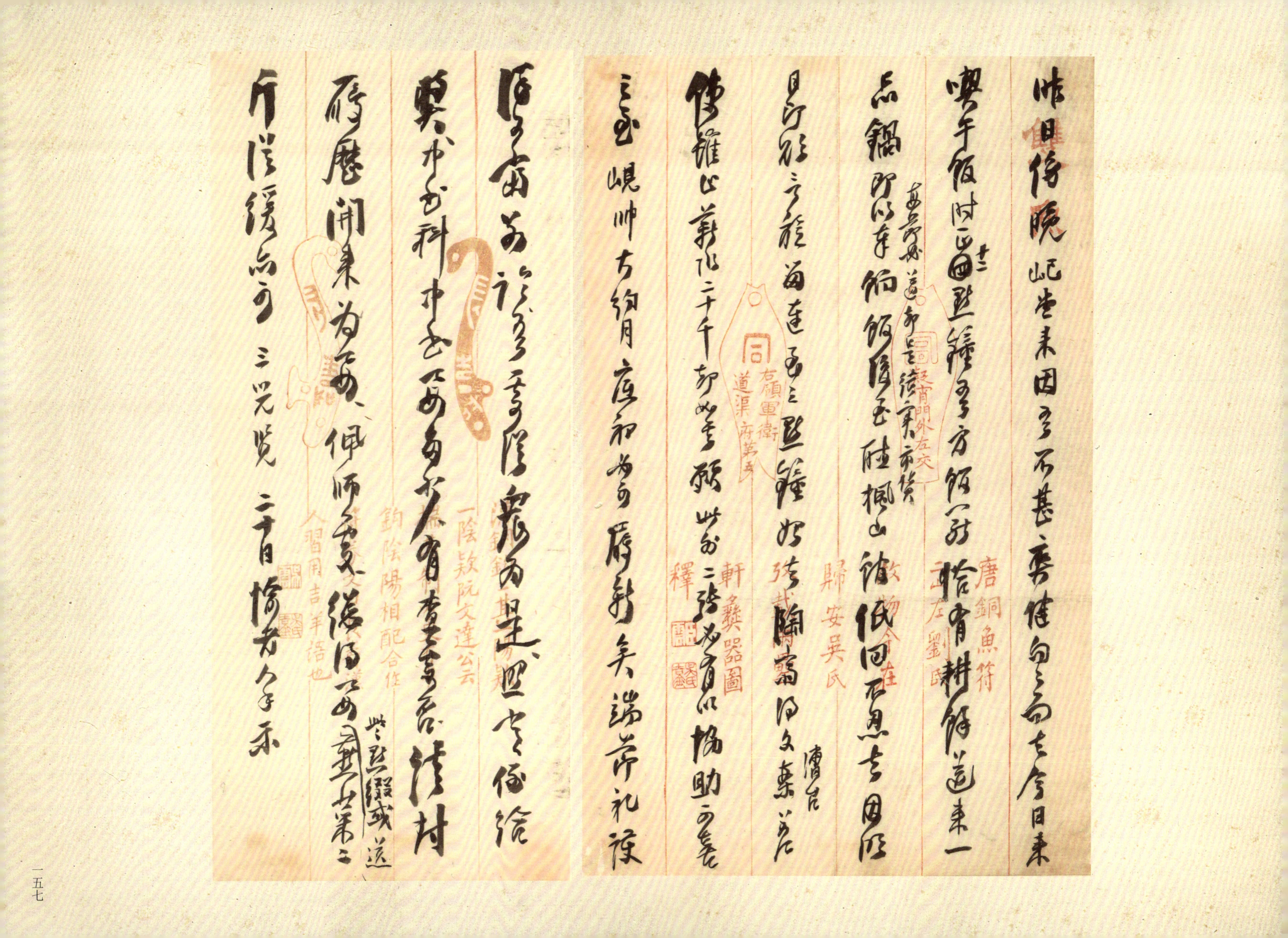

唐銅魚符

歸安吳氏

軒轅器圖

釋

同 右領軍衛道渠府第五

凝霄門外左交

一陰鈠阮文達公云鈎陰陽相配合作

人習用吉羊語也

六七、吳雲致三兒吳承潞

一通二紙

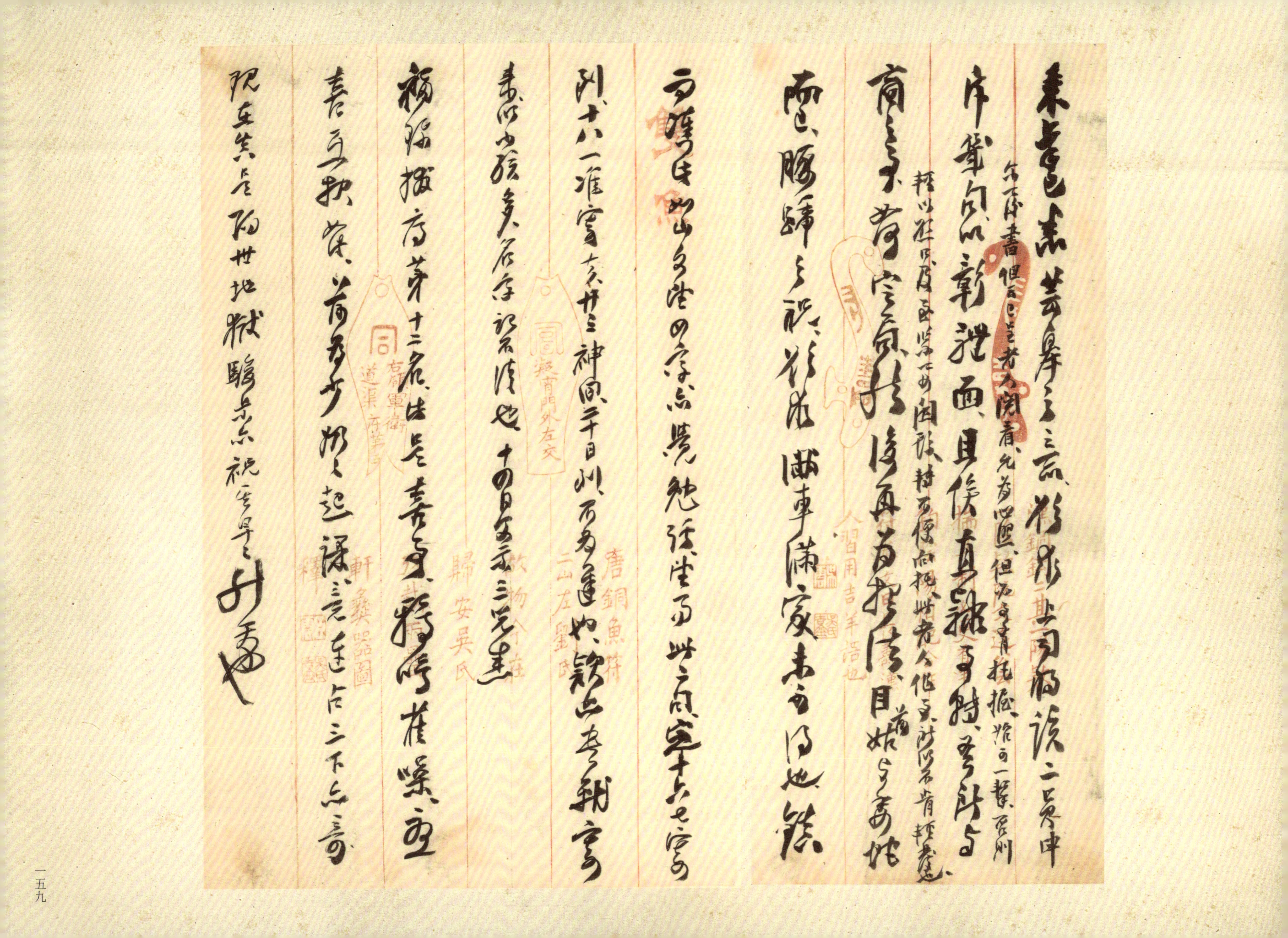

六八、吴云致三兒吴承潞

一通二紙

奉惠南屏初十手書云，十二卦楚固四株，未函，約前

前承精賞，並承損及，此帖所見亦恐有誤述，此帖云云，且言廿八 拙旨看見，對多可爲念

如止之理，惟多任誤損，可世不可，以內虞入爲，爲附去二頁也，乾

對爲寡目所瞭，出爲一株，類則借篆書也，故望一壹志，於季可

拜賜如山之深，鄙懷惶懷，以後對用未言之可多之詞爲妙，下聯內乃須水對

上聯平對，雖多自爲對，總只可匯，且如水宜境，月求現賞

同
凝霄門外左交

唐銅魚符
二山左劉氏

歸安吳氏

同
右領軍衛
道渠府第五

軒 彝器圖

釋

賜瑑匣之五千石，集古年內買也，計全之七之來已經

賈長已辦 絕 千石以三千，頃得已可用，然以爲我書

自製不時捐一千 [illegible] 一二千不[illegible]，之封回卑

可則不急也，以全所藏已收在[illegible]，再利可亦

也兼附十三複刊

地丁每十六七兩，備頂至廿三兩止，不必早設，如謂
應今撥完，謂力先二千，除一千外再解一千五百，二十兩亦望寄可也

六九、吳雲致二兒吳承潞

一通二紙

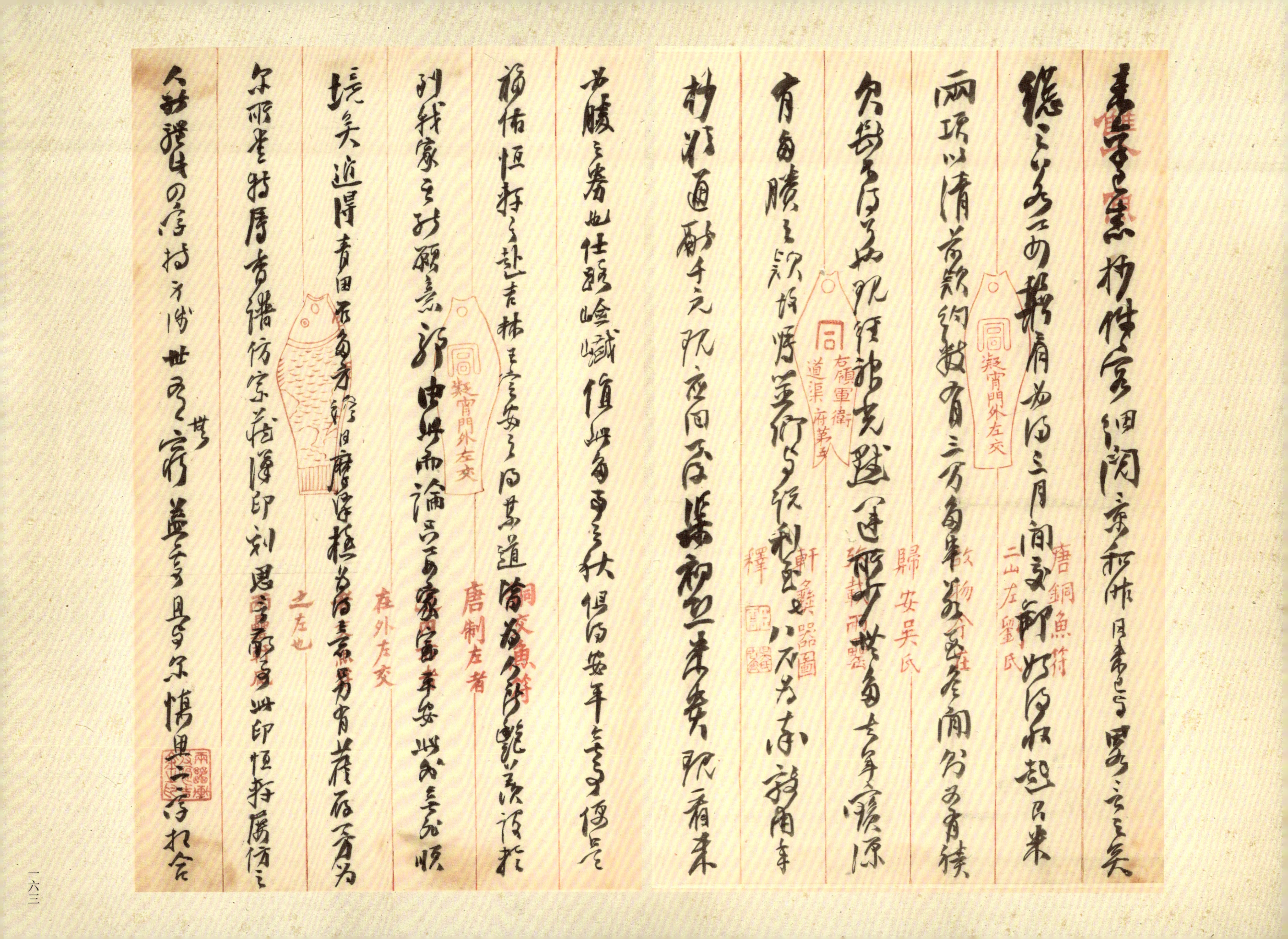

唐銅魚符

二山左劉氏

同

凝霄門外左交

歸安吳氏

同

右領軍衛

道渠府第五

軒轅器圖

唐制左者

同

凝霄門外左交

在外左交

之左也

七〇、吴云致三兄吴承潞

一通二纸

七一、吳雲致三兒吳承潞

一通二紙

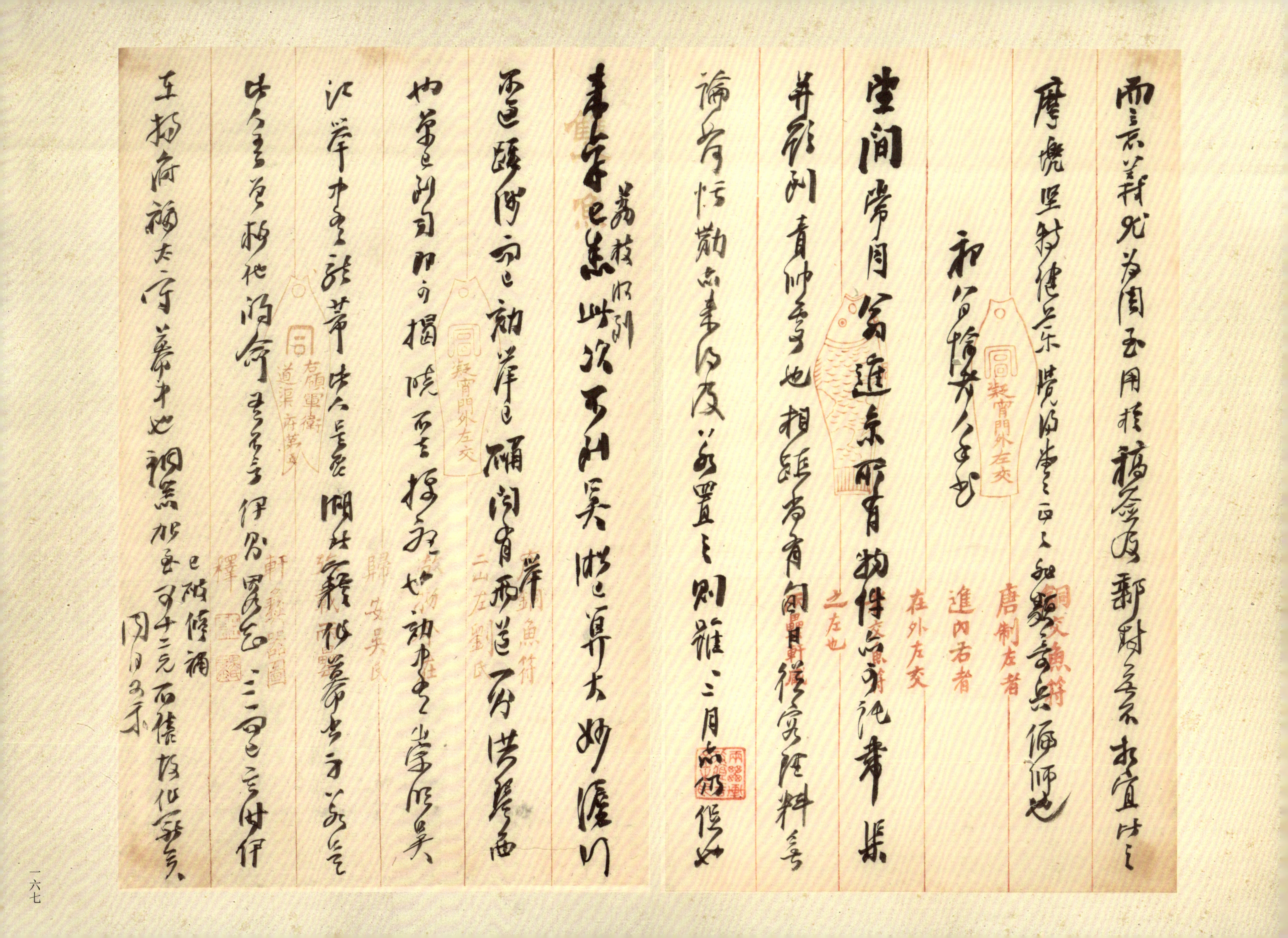

銅魚符
唐制左者
進內右者
在外左交

同
疑宵門外左交

之左也

同
疑宵門外左交

銅魚符
二山左劉氏

歸安吳氏

同
右領軍衛
道渠府第五

七二、吴云致三儿吴承潞

一通二纸

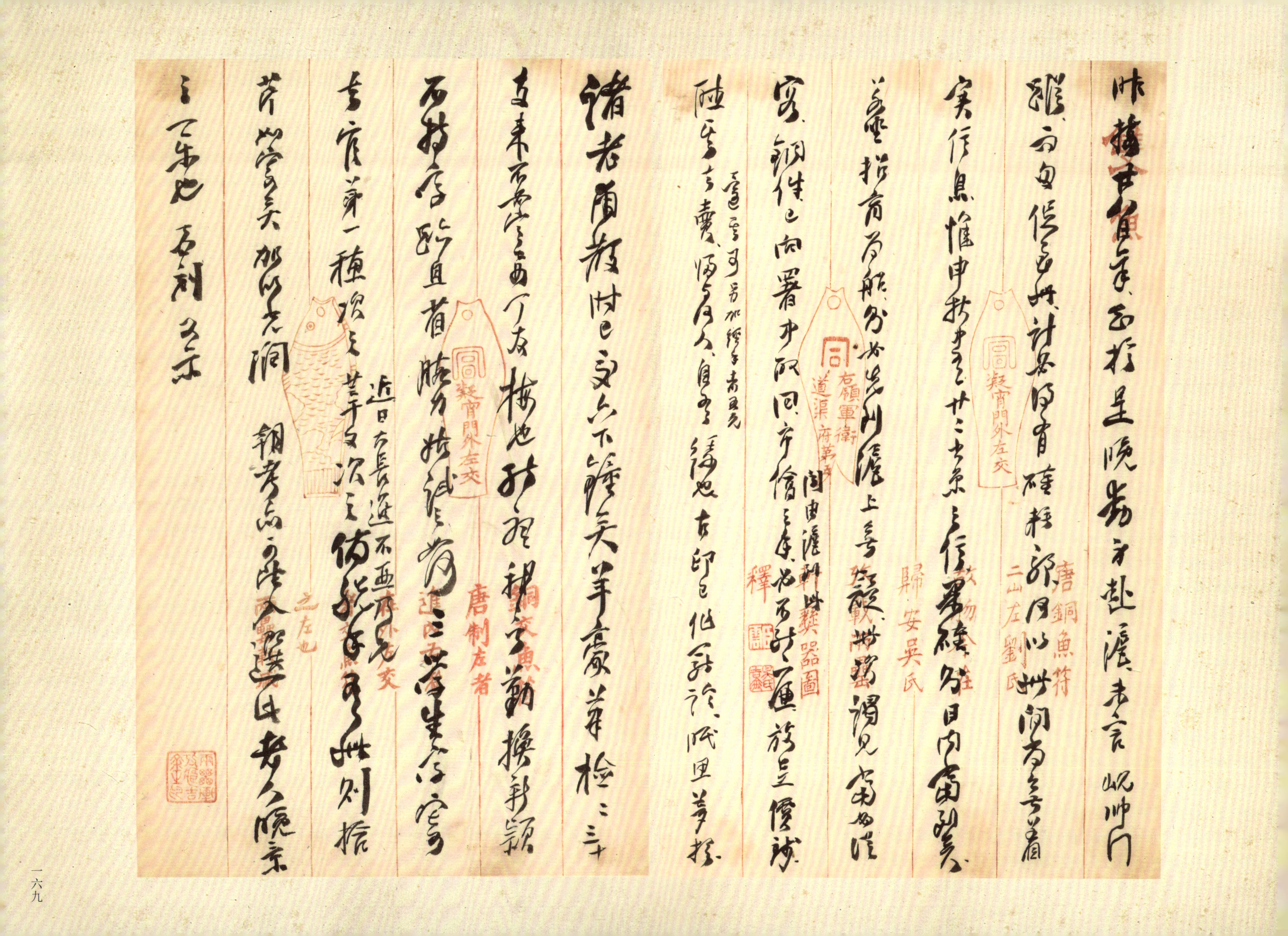

唐銅魚符

二山左劉氏

歸安吳氏

疑宵門外左交

右領軍衛

道渠府第五

釋

疑宵門外左交

唐制左者

之左也

七三、吳雲致三兒吳承潞

一通一紙

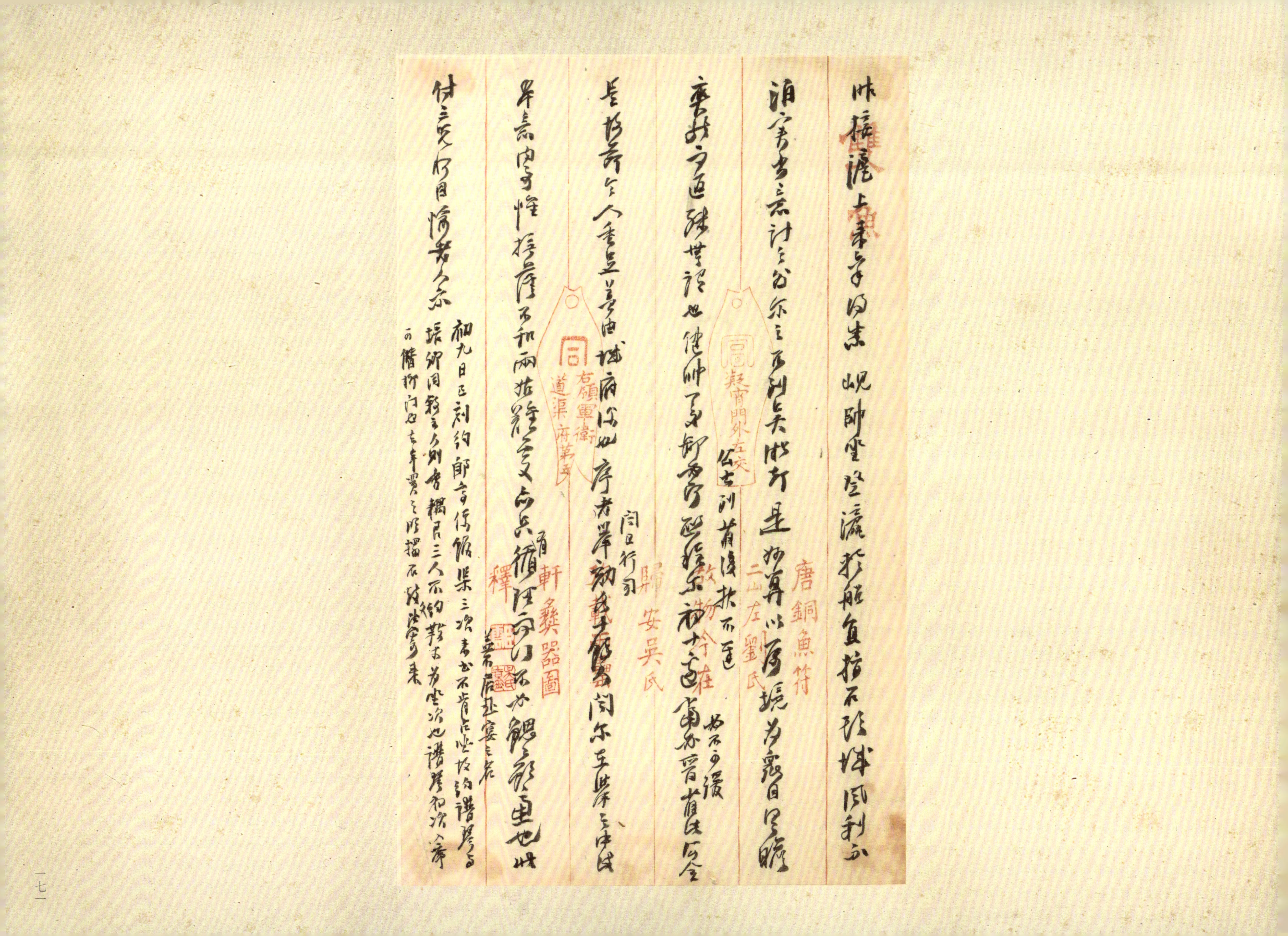

[illegible]

唐銅魚符

二山左劉氏

同

凝霄門外左交

歸安吳氏

同

右領軍衛道渠府第五

軒彝器圖

[illegible]

七四、吳雲致三兒吳承潞

一通一紙

漢銅鉤[illegible]兩鉤一陰致阮文達公云

鉤陰陽相配合作

入習用吉羊語也

七五、吳雲致三兒吳承潞

一通二紙

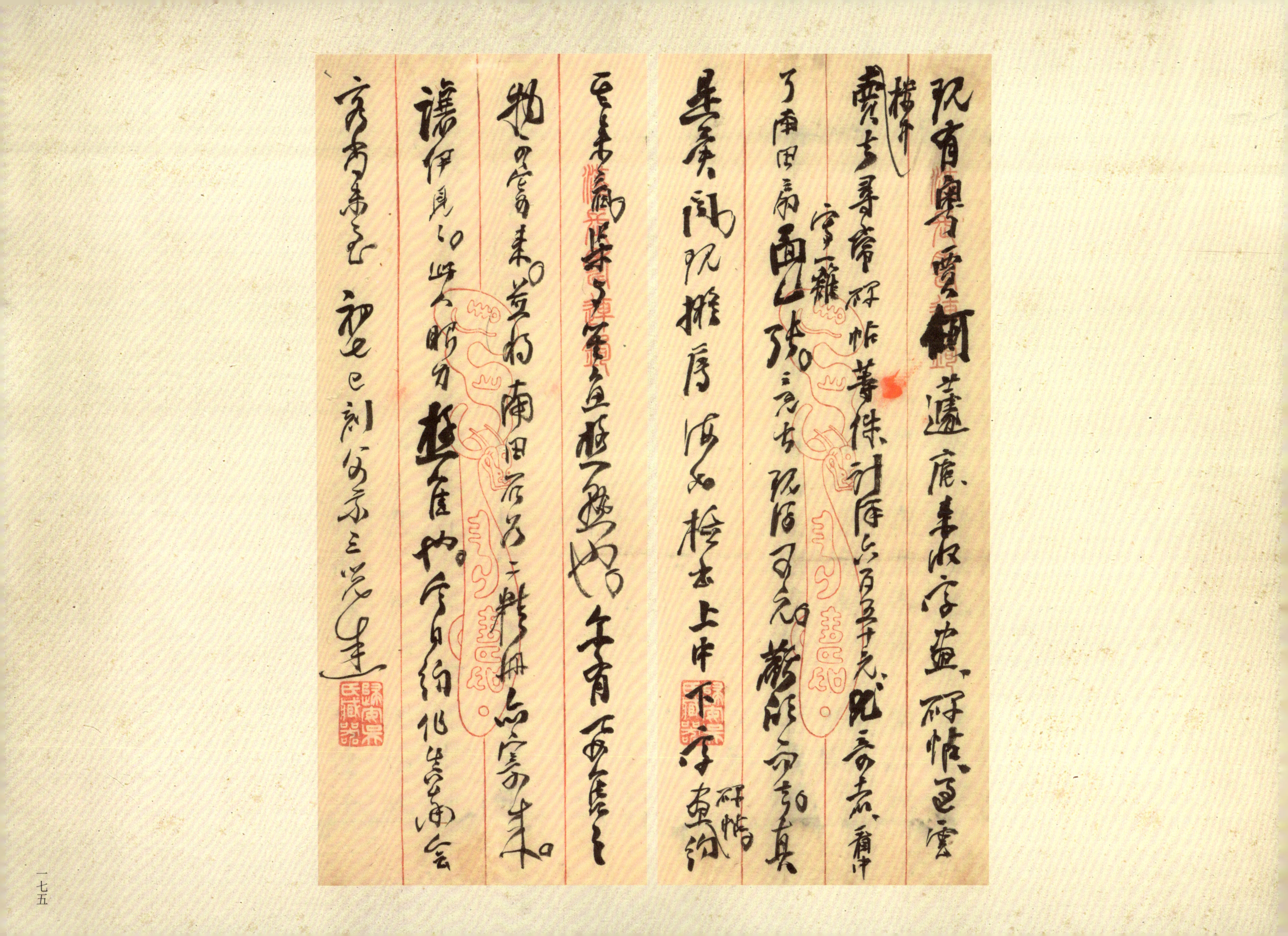

七六、吴雲致三兒吴承潞

一通二紙

來年已未敷當之科，家術亦坐而了至，今日為

武帝聖誕，攜從廣乃見，但得甘霖溼澤，則幸

昨日此間雨不及分

邊之而下矣。十一日到佛寫之又[illegible]捐[illegible]諸甚久，賤恙請

至術官之[illegible]，即之[illegible]心調元之[illegible]亦有積善種

積，投[illegible]仕途順利，君很東，最好是[illegible]保甲，將老病孤

獨度之安。查户時記[illegible]年[illegible]了[illegible]盡，[illegible]之賙濟。

此[illegible]實查及民，自州以至[illegible]撲，今之以為之特別

至[illegible]訂[illegible]法寄上，務至細心閱之，[illegible]之[illegible]收[illegible]情

形。[illegible]乎之[illegible]用，[illegible]之風俗不同，不能一律[illegible]法，而至[illegible]之[illegible]

籌[illegible]者亦亦不[illegible]，至[illegible]亦並賙濟常者不[illegible]，至[illegible]

之[illegible]之[illegible]，至[illegible]有[illegible]之費，[illegible]量[illegible]元[illegible]為之之也。

此從目前之捐[illegible]，佛[illegible]之[illegible]說也。十[illegible]二[illegible]

同

凝霄門外左交

唐制左者

在外左交

之左也

七七、吴云致三兒吴承潞

一通二紙

三兒覽今寄石[illegible]將全[illegible]書[illegible]尾清出

此書出似不在京初[illegible]潛研堂金石跋

跋之下於前歉自經[illegible][illegible]諸且[illegible]

散見於所著冊之上當即以為眉目查

一陰款阮文達公云

鈎陰陽相配合住

人習用吉羊語也

[illegible]不得清稿具之已經刻刻須彙入集

中去取於手稿之塗抹非他人所能將來

香譜初刻有二三月[illegible]

以香譜[illegible]為繕校而以抄冊[illegible]

為將張福本先大約兩個月[illegible]

一陰款阮文達公云

人習用吉羊語也

五月十四日[illegible]

七八、吳雲致三兒吳承潞

一通一紙

一陰款阮文達公云
鈎陰陽相配合作
人習用吉羊語也

七九、吴雲致三兒吴承潞

一通一紙

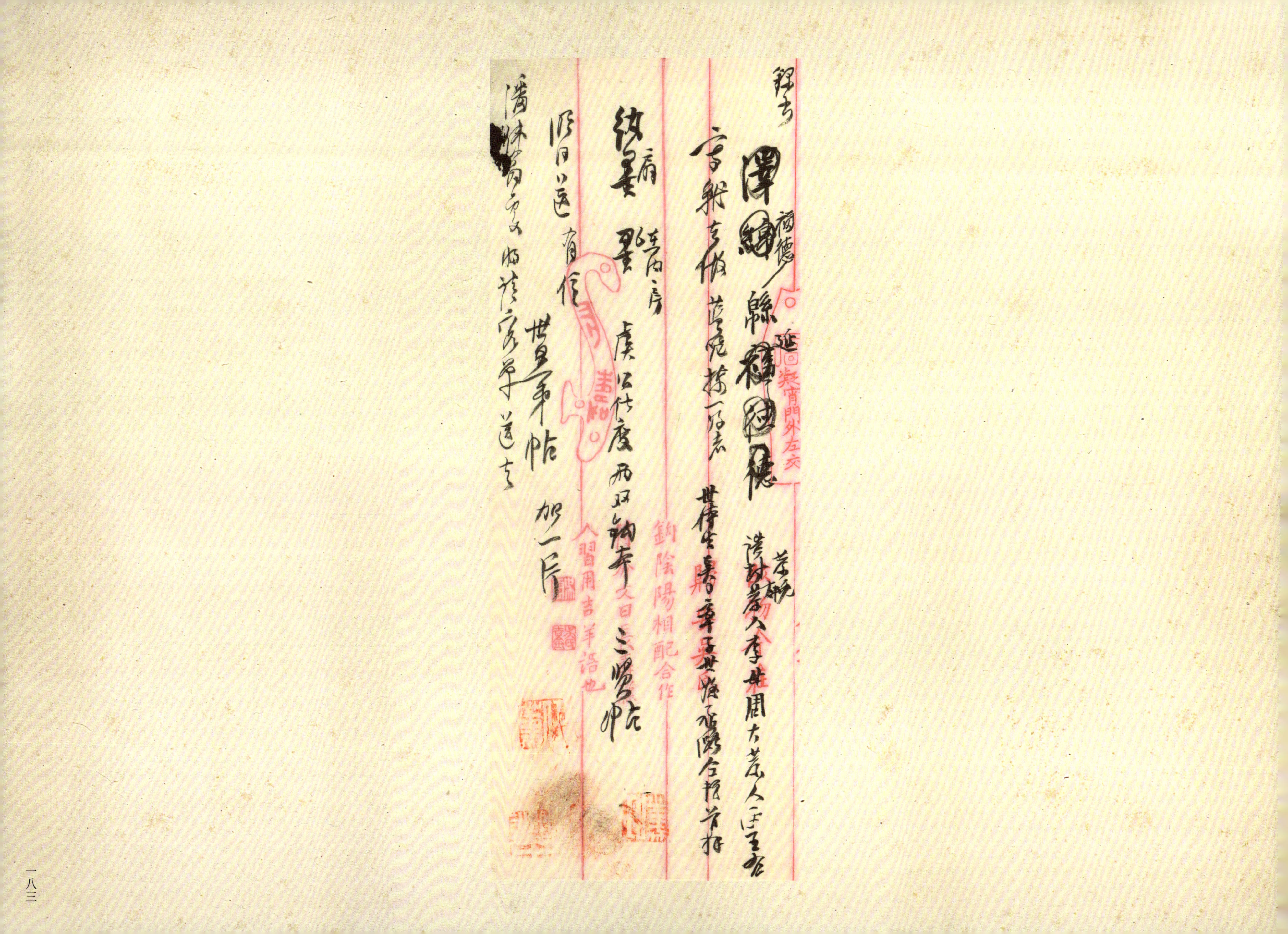

延回
凝宵門外左夾

鈞陰陽相配合作

入習用吉祥語也

八〇、吳雲致二兒吳承潞

一通二紙

八一、吳雲致三兒吳承潞

一通一紙

[illegible]一[illegible]

伯母大人[illegible]

閣[illegible]

來字已悉。三日未與聞[illegible]保惜

合計[illegible]方寸[illegible]許[illegible]昨雨已[illegible]明日[illegible]

面。雖小雨[illegible]

下二寸則不得播種矣。[illegible]

有[illegible]

[illegible]也[illegible]一

并[illegible]

[illegible]金陵[illegible]

[illegible]

[illegible]

[illegible]

[illegible]

[illegible]日[illegible]

兩罍軒書牋

八二、吳雲致三兒吳承潞

一通三紙

八三、吴云致三兒吴承潞

一通一紙

奉手書悉，蓮道明則，彩林畫冊二本，吴福帯上，檢收，所羅

大覽作已將字畫交馬看看一過，約十三本再看，前有則已備覽，

唐銅魚符

二山左劉氏

同

凝霄門外左交

三冊未見也，此人三元之多買，頗覺貴，乃此之先且覓好價

敬物今在

歸安吳氏

再說，織造處所字畫，搬山中下騎陸續送來，均由[illegible]師所寫，以經手私，並未作

同

右領軍衛

道渠府第五

軒轅彝器圖

釋

照所願方，大約是親筆墨象，實是有病，乃不能細看，則遲發之

義所得之世經精神之不振也。 十二日午示 三宅惠

八四、吴雲致三兒吴承潞

一通二紙

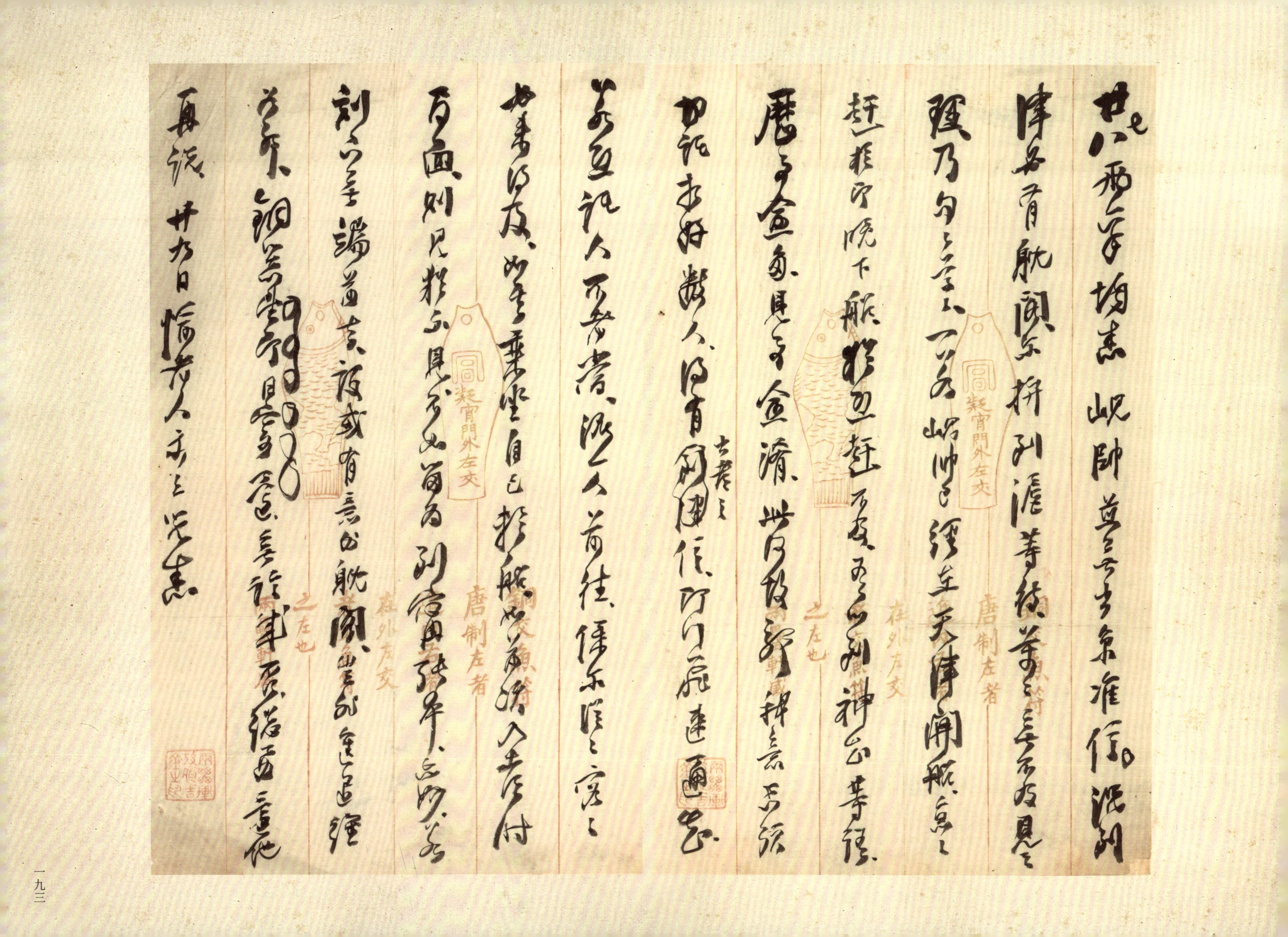

八五、吳雲致三兒吳承潞

一通一紙

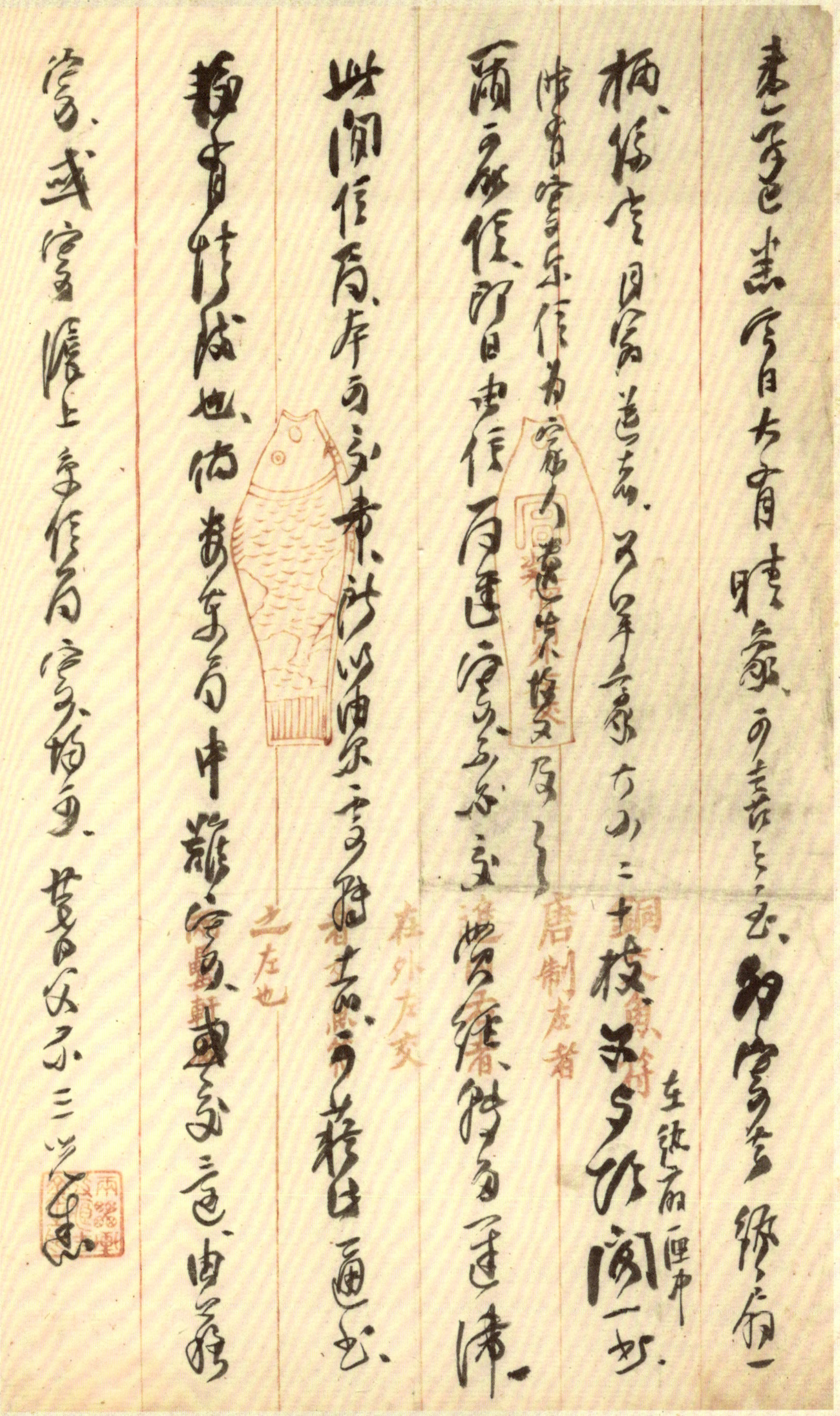

八六、吴云致三兒吴承潞

一通一紙

同
凝宵門外左交

唐銅魚符
二山左劉氏

歸安吳氏

同
右領軍衛
道渠府第五

八七、吴云致二儿吴承潞

一通一纸

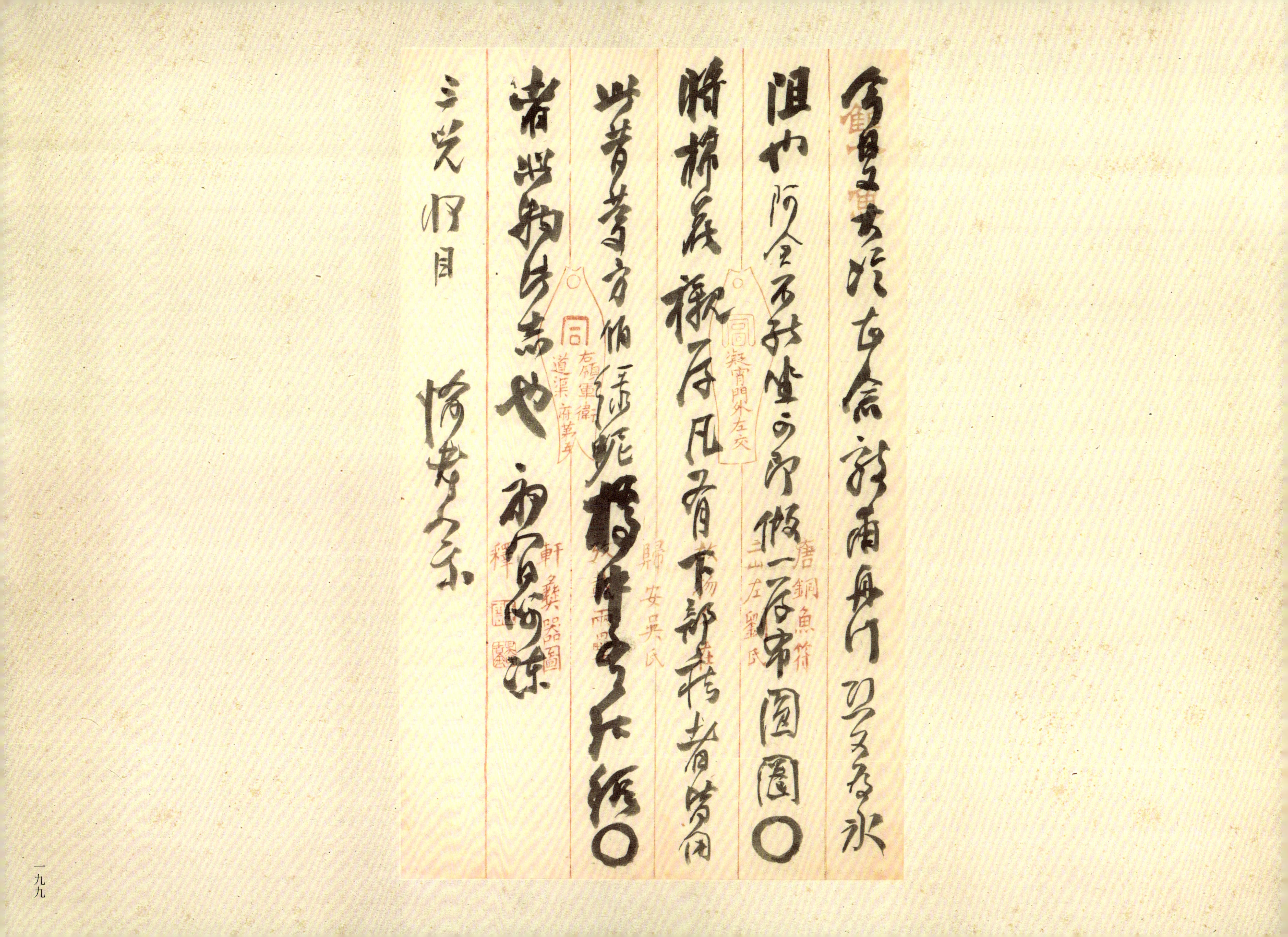

[illegible]太倉 [illegible]舟行 [illegible]

阻也 [illegible] ○

[illegible]

此昔著方伯 [illegible] ○

者此物自志也 [illegible]

三兄 [illegible]

唐銅魚符 三山左劉氏

同 凝霄門外左交

歸安吳氏

同 右領軍衛 道渠府第五

軒轅器圖 釋

八八、吴雲致三兄吴承潞

一通一紙

唐銅魚符
二山左劉氏

同
凝霄門外左交

歸安吳氏

同
右領軍衛
道渠府第五

八九、吴雲致三兒吴承潞

一通一紙

昨雙魚來教，猶未方復，承賜古安大作，年少千晨古暢小

傳本數，前未見者亦減價，深承厚意，而指順之手一不入作坑

今日約來看，略此奇，略經古雅，與所藏實精，以三百金 蓄

唐銅魚符 二山左劉氏

同 凝霄門外左交

自在彼此，黃符尚存，不同拘制，雅安吳，伴肯來，今早

歸安吳氏

同 右領軍衛道渠府第五

請觀一符

甫收歸應酬之，而實又不必此宗擱置，一萬府下為，故下云有

自已一年未得見

再候，恒溫，承上之年，為此好作一封矣，可為三千，素候白

肯出五百金

九〇、吳雲致三兒吳承潞

一通一紙

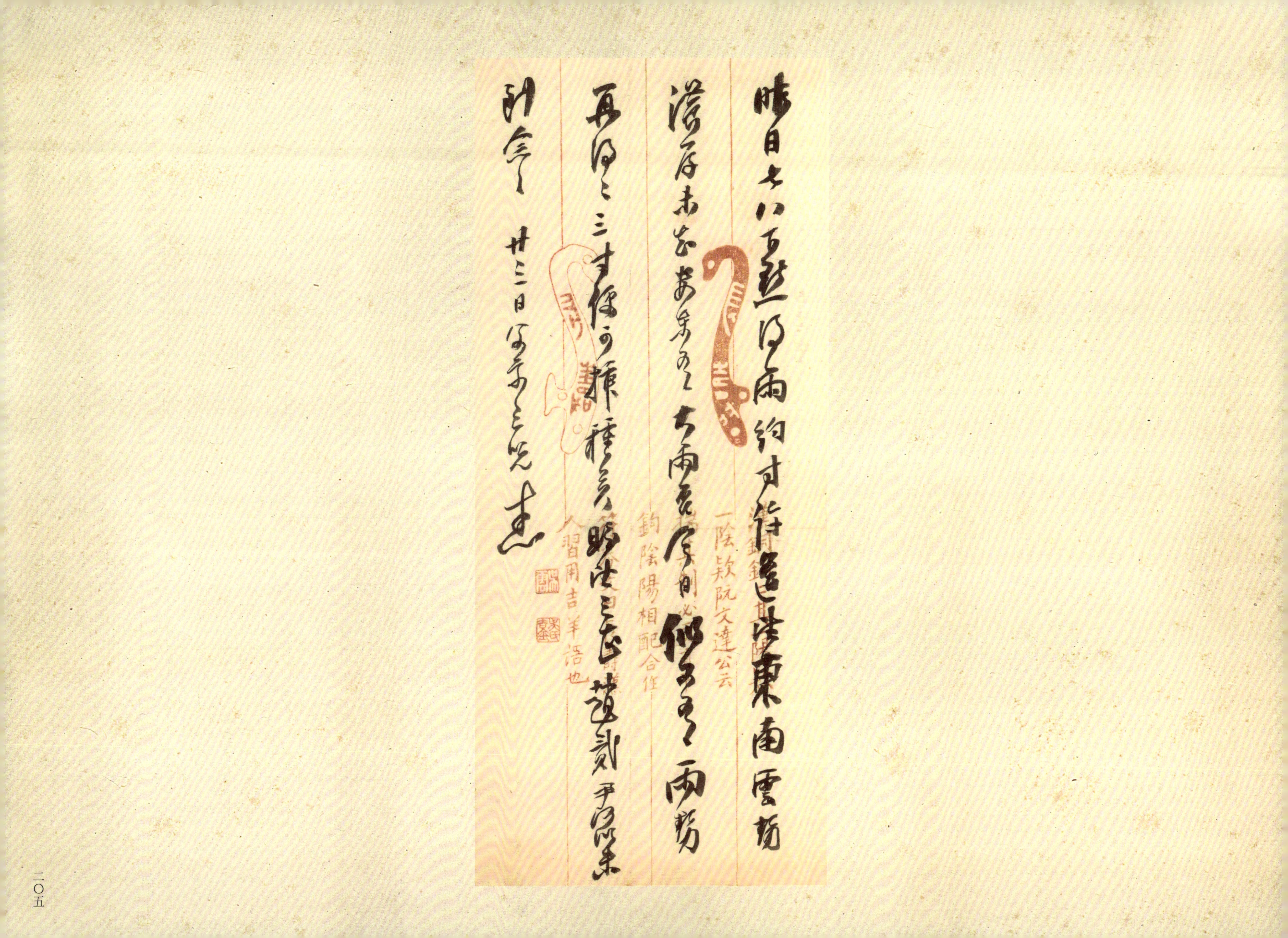

一陰款阮文達公云
鈎陰陽相配合作
人習用吉羊語也

編後記

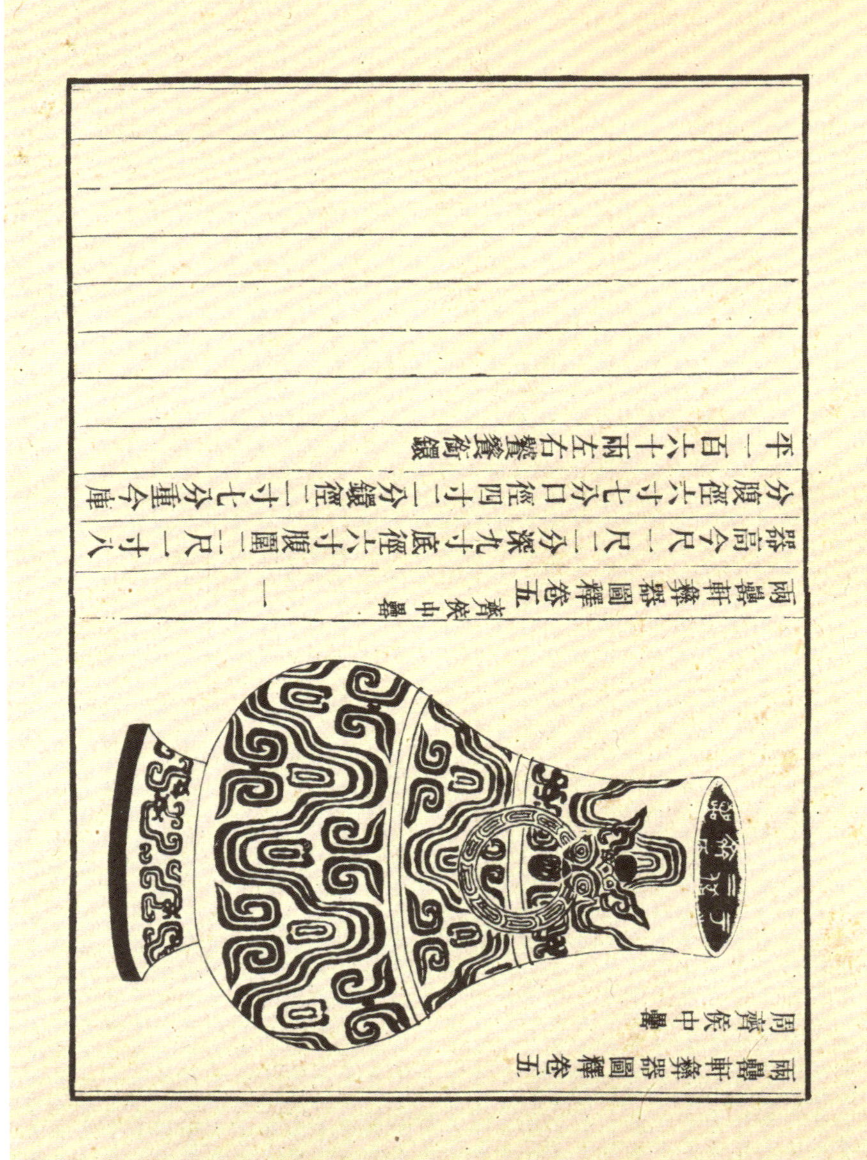

兩罍軒彝器圖釋卷五 齊侯中罍
器高今尺一尺一分深九寸底徑六寸腹圍一尺一寸八
分腹徑六寸七分口徑四寸一分鐶徑一寸七分重今庫
平一百六十兩左右[illegible]饕餮銜鐶

兩罍軒彝器圖釋卷五
周齊侯中罍

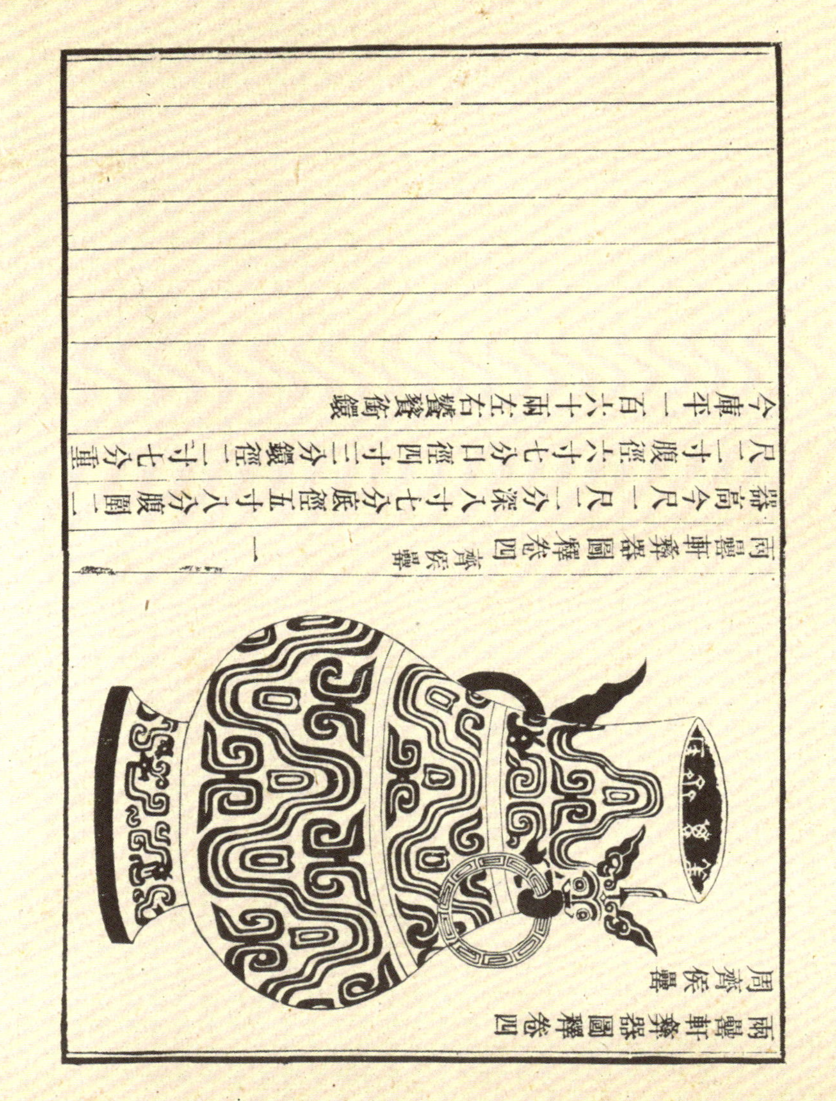

兩罍軒彝器圖釋卷四 齊侯罍
器高今尺一尺一分深八寸七分底徑五寸八分腹圍一
尺一寸腹徑六寸七分口徑四寸三分鐶徑一寸七分重
今庫平一百六十兩左右[illegible]饕餮銜鐶

兩罍軒彝器圖釋卷四
周齊侯罍

吳雲自刻《兩罍軒彝器圖釋》
此書取周至唐彝器一百餘件，每種繪
其圖形，以工部營造尺記其各部尺寸，
銘文另摹，後列釋文，並附考訂。是
編選擇謹慎，除王國維《國朝金文著
錄》中所指十二器爲僞作外，餘皆精
確可信。同治十一年（一八七二）初刊。

太平天國的戰亂，導致江南地區的經濟秩序受到嚴重打擊。從吳雲與朋僚之間往來的信件，可以看出他對太平天國戰亂的情報時刻關注，並對每次朝廷的措施和處理結果，多有討論和評定。吳雲生逢嘉慶、道光、咸豐、同治、光緒五朝，最爲動亂，從書信中可以直觀看到他們最真實的焦心和痛苦，太平天國戰亂成了這代人不可磨滅的群體記憶。

咸豐十年（一八六〇），太平天國攻克蘇州，作爲蘇州知府，吳雲不僅丟了官，多年的書畫碑帖收藏也散失過半，藏書著稿盡毀於火。安定後，吳雲過上隱居的生活，重新開始大力收購古物（吳雲在蘇州的名望依然很大，道光年間蘇州兩次大水災，都是吳雲首先捐賑，輸數百金以倡賑災）。乾嘉之後訓詁名物轉向訓詁金石文物，引導收藏風氣，這時的吳雲重心全部放在金石名器上。動亂後的蘇州城也是寶物澎湃而出，吳雲將大收藏家阮元和曹載奎的散落家藏大部分收歸所有，分别藏於兩家的著名青銅器齊侯罍便在其中，二罍首次聚齊在吳府。二器於乾嘉年間出土，因銘文多字，紋飾精美，又經大文士收藏，名震四海，吳雲因得此二罍而取其齋名曰『兩罍軒』。字多一件現藏於上海博物館，字少一件現藏於國家博物館。吳雲在其自刻《兩罍軒彝器圖釋》裏收入古器一百一十件，張玉斧、汪嵐坡摹寫銘文，描繪器形，他自己執筆詳細記錄各器尺寸、重量，考釋名稱與銘文及流傳過程，尤其對齊侯罍在陳慶鏞的基礎上作了上萬字的考證。而後吳大澂、劉心源、吳式芬、方濬益等人著作每提此器時都承吳雲舊説，可見影響之深。直到葉昌熾，纔有了新的考釋，他認爲銘文開篇的『罍』字應是齊侯的名字，並非器名，此器依古制應名爲『壺』，得到了當時的認可和後世的廣泛討論。其中影響最大的是孫詒讓《古籀餘論》，將銘文主人確切爲『洹（桓）子孟姜』，齊侯之女，陳桓之妻，定此壺爲春秋早期之物。最近出版的《紙拓千秋——國家圖書館藏古器物全形拓題跋集》一書公佈了國家圖書館藏洹子孟姜壺兩器的銘文和全形精拓本，這些拓本都經民國大家題跋，褚德彝簡述銘文考釋之變，吳昌碩跋述器物流傳之掌故，並作詩曰：『罍耶壺耶徒聚訟，兩壺入鼎文宜誦。』此器之考據已成當時的話題風尚。

吳雲代表著現代學術成立之前的學養型學者傳統，收藏是自身研究的一部分，每藏一物，都與積累的經史知識發生辨證，產生互補。這種與古物的關係，形成古代士大夫特有的學習模式，進而產生不同於他人、獨具自我感悟的論述成果。吳雲除了正經正史之外的考釋，平日最沉浸於書法的研習，兼及篆刻。金石收藏爲當時的書法篆刻藝術提供了廣闊的視野。

阮元宣導北朝石刻書法，形成了群體回應的局面，一方面拓寬了書法家的討論邊界，另一方便對傳統帖派書家的話語權形成挑戰。實際上，阮元衹是提出北派書學的理論，並沒有完成自身的完全實踐，在阮元的後兩代人身上，纔看到實踐的成果，這正是吳雲所處的時代使然。縱觀吳雲的一生，可以説他因爲收藏研討的需求與北派書家發生密切交遊，但對自我研究成果的篤信，又與北派書家進行著不彰顯的博弈。

吳雲是清代中晚期帖學書法的代表，早期學習趙孟頫、董其昌，間參米芾，後期專注於蘭亭的研究，從中深悟書學之精髓，堅定帖學派立場，收藏達二百餘種，自號二百蘭亭齋（毀於太平天國）。他主張學書應上溯晉唐，取法宋元明諸家則並非正途。他的至交何紹基雖是貌取唐人，但主要精神得自明末的黃道周、倪元璐、傅山的古奥生拙（吳雲曾給何紹基看趙孟頫、董其昌的書法作品，何氏不屑一顧，但看到明末諸家則精神煥發）。吳雲受何紹基影響，專情研習顔真卿的《爭座位帖》，但不接受其對晚明的提倡，形成行字大小錯落，疏密明顯的書稿風格，又參以蘭亭的率意，米芾的俊險，終成一家風貌。可見吳雲對好友的意見是有主觀取捨的。他晚年對蘭亭、顔真卿、米芾的書帖贊歎比喻，臨習猶如『坐對江山』，評詞透露著其內心對正統書學的崇拜。

吳雲收藏古璽印甚多，對篆刻有獨到的見解。他推崇朱文應，認爲朱氏取法封泥，章法整密，是較早將封泥推向藝術模範的理論家。『當今刻印，能者絶少。白文尚有漢文可仿，朱文則古篆不可識，宋元宗派專尚工秀，學之頗不易見長，歙鄉丁、黃、奚、蔣及曼生諸君尚不失古意，而近日治印者畏難取巧，其朱文全學鄧石如一派，惡俗難耐。倘尊（陳介祺）藏泥封與子苾先生處所收合刻行世，俾學者奉爲楷模，則嘉惠藝苑，洵非淺鮮。』子苾先生即吳式芬，與陳介祺合撰《封泥考略》十卷，著錄了兩家所藏的封泥。《封泥考略》一書，是研究封泥最早的一部專著，收錄秦漢官私封泥八百四十九枚，逐枚考釋，對研究秦漢官制、地理以及秦漢篆刻藝術有重要的參考價值，故一經付梓，就被學者奉爲楷模。吳雲對當時篆刻氛圍的描述，如今可歸類爲藝術批評，針砭時弊，深刻而現實。當今篆刻

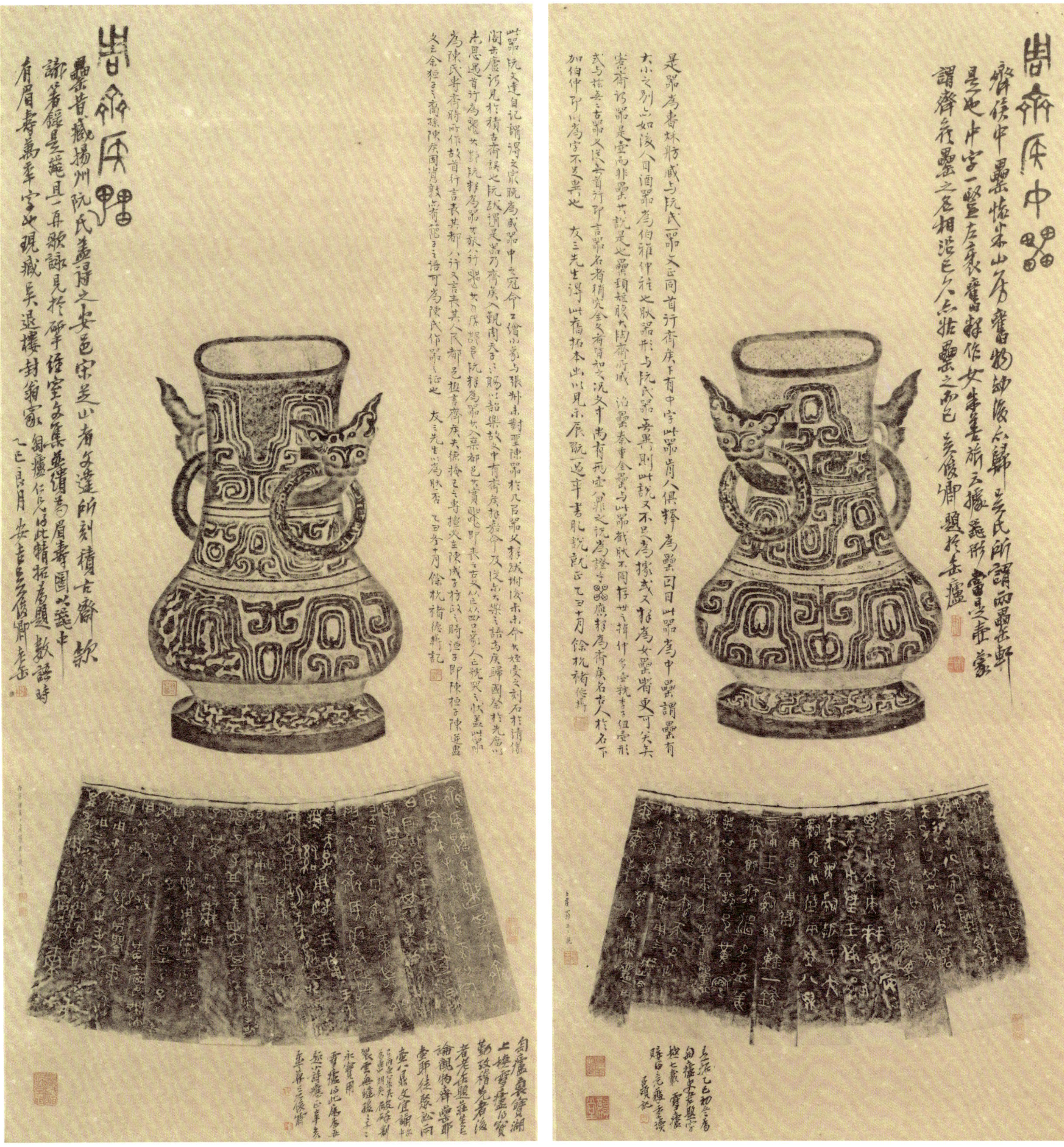

洹子孟姜壺全形拓一對，國家圖書館藏。
吳昌碩、褚德彝題跋，羅振玉觀款。

藝壇也是如此，特別是藝術院校開始教授篆刻之後，越來越多的人參與到篆刻創作的隊伍中，但情況令人堪憂。一是書法普遍欠缺功底，善刻不善寫，本末倒置，不明篆刻乃依古文字流傳之要義；二是學習王福庵、陳巨來的印風幾成靡殤。倒不是說學習近人印風不好，鄧石如是古時的塵外野士，王福庵、陳巨來亦是近當代的舉世高人，但他們也是通過學習古人精華而自成一家；若篆刻者都如吳雲所言『畏難取巧』，不專研古文字之精神，巧媚當世，自然『惡俗難耐』。這是精神狀態上的一種惡，淺顯易懂的俗。

在吳雲的金石朋友圈裏，數他與陳介祺最爲長壽，其他知交相繼零落——特別是何紹基的去世——令吳雲因不斷懷念而導致心思惘惘，故而晚年與陳介祺通信屢次吐露心聲。吳雲非常佩服陳介祺曾跟他說過的一句收藏感悟：『天地間寶器，其銘識皆古人精神命脈所寄，守之者精拓傳世，則器傳人亦之俱傳。』他感慨到：『蓋吾人之傳與不傳雖不係此，而所論實爲通達至確也。』可見吳雲此時人生境界更高於陳介祺了。

陳介祺曾評價吳雲的書法：『承惠金石各拓通計十九頁，楮墨精工，印章整潔，自是當今獨步，更難得蠅頭細字逐頁詮注，尤令人愛玩不忍去手。』『附來金石各種，墨拓莫不精妙絕倫，邊題皆蠅頭細字，無一懈筆，具徵目力之佳，腕力之健，良由神明完足，氣志充盈。』可知陳介祺對吳雲觀察甚深。能得到陳介祺這位傳拓苛刻的金石大家青睞十分不易，足見吳雲對拓本製作的要求極高。吳雲的書法是配合實用完成藝術效果的，再加上他收藏的名聲，當時備受關注，以至於在顧文彬的《過雲樓日記》出現百餘次。

在《過雲樓日記》裏，我們還能看到吳雲自號的變化，早中期常見的是『退樓』，晚年則多自稱『愉庭』。上海博物館藏丙子年（一八七六）《吳雲端午即景圖》軸中，有一方『退樓乙亥以後號愉庭』的朱文印，款識爲『愉庭吳雲』。乙亥年即光緒元年（一八七五），吳雲六十五歲。吳雲還請山東濰縣陳介祺的專用篆刻家王石經刻過『退樓乙亥後改號愉庭』和『乙亥改號愉庭』兩方白文印（收錄於《西泉印存》）。『愉庭』款信札在本書可見數通，書法面貌已全無火氣，超然出塵。

以我個人所見，清代金石學家以吳雲的畫像流傳最多，此次李軍兄幫我從蘇州檔案館調取了高清的《吳郡真率會圖》，令人眼前一亮。我還看過另外一卷，名爲《吳中七老圖》，現藏南京博物院，因未能獲取高清圖片，略感遺憾。相比於陳介祺、吳大澂、潘祖蔭，吳雲是清代大家裏研究資料最少的一位。本書前兩單元的往來書信，皆爲蘇州收藏家李雋先生珍藏。編輯過程中，又收入吳剛先生提供的家書，使得近百通書信首次整合出版。相信本書的出版，會令關注吳雲的人更全面、多角度地瞭解和還原其原始語境。

我在蘇州觀摩這批藏品期間，得到收藏家李雋先生的熱情接待。他深通蘇州古今掌故，對藏品孜孜不倦地研究，慷慨地展示與講解。從他身上，我看到蘇州特有的代代傳承的書卷之氣。這種場景，不禁讓我想到，古時也如今時，今時也如古時，文人之才之德靠口口相傳，從仰慕到訂交，一代人一個玩法，但傳統的核心價值並未改變。吳雲其實歸根到底就是一位江南文人，收藏的名氣掩蓋了他的文名。詩詞酬唱是江南文人的必要活動，吳雲能寫長詩，氣韻連綿，又有經世之懷。我見過吳雲《戊寅初夏疊韻見寄六幸居士》的詞稿，雖是酬唱之作，但全詞正是他的自我寫照，體現出一位文士對現實積極的期盼。今抄錄於此：

浩蕩青天，容我輩、菟裘早築。
喜相遇，園翁溪叟，劇談方俗。
四季但祈花月好，一年長祝農桑熟。
願歲寒，各自葆吟身，珍如玉。

詩書畫，眼中福。
才學識，胸中足。
歎柯亭未遇，爨桐誰屬。
早爲折腰辭五斗，不應仍被衣冠束。
且安排，重拂朶雲箋，書新曲。

鄭伯象寫北京小郊亭
二〇一九年十一月三十日

圖書在版編目（C I P）數據

楓下清芬 ： 篤齋藏兩罍軒往來尺牘 / 李雋、吳剛編． — 北京 ： 國家圖書館出版社， 2019.12
ISBN 978-7-5013-6894-5

Ⅰ．①楓… Ⅱ．①李… ②吳… Ⅲ．①書信集－中國－清代 Ⅳ．①I265.2

中國版本圖書館 CIP 數據核字（2019）第 256892 號

書　　名　楓下清芬：篤齋藏兩罍軒往來尺牘
策劃主編　鄭伯象
編　　者　李　雋　吳　剛
責任編輯　南江濤　潘雲俠
助理統籌　馮文青
裝幀設計　休休堂圖書設計工作室
顧問律師　熊明威
出　　品　休休文庫
微信客服：xiuxiutangkefu
郵箱：xiuxiutang@yeah.net

出版發行　國家圖書館出版社（100034　北京市西城區文津街 7 號）
（原書目文獻出版社　北京圖書館出版社）
010-66114536　63802249　nlcpress@nlc.cn（郵購）
網　　址　http://www.nlcpress.com
印　　裝　北京金康利印刷有限公司
版次印次　2019 年 12 月第 1 版　2019 年 12 月第 1 次印刷

開　　本　889×1194（毫米）　1/8
印　　數　1000 冊　限量印製　編號珍藏
印　　張　26.5
書　　號　ISBN 978-7-5013-6894-5
定　　價　980.00 圓

國家圖書館出版社
官方微信

休休文庫微信公衆號